<u>*Unfassbar*</u>

eine Science-Ficiton-Reihe von

Truebadix Trismegistos

BAND 1

Und wenn die Mahner doch Recht hatten?

Teil 1

Und es gibt ihn doch!

Und wenn die Mahner doch Recht hatten?

Teil 1

<u>Und es gibt ihn doch!</u>

Information der Deutschen Nationalbibliothek:

Die Deutsche Nationalbibliothek verzeichnet diese Publikation in der Deutschen

Nationalbibliografie, detaillierte bibliografische Daten sind im Internet

über **http://dnb.dnb.de** abrufbar.

© 2017 Truebadix Trismegistos

Herstellung und Verlag

BoD – Books on Demand, Norderstedt

ISBN: 978-3-7448-9488-3

Band 1

Teil 1

Vorwort

Wenn Sie einem Physikprofessor erklären, dass das c^2 entweder ein subtiler Scherz oder eine üble Finte war und dass in Wirklichkeit $e = m$ die korrekte Formel ist, dann rufen Sie einen sogenannten Symmetriebruch bei ihm hervor. Er kann sich nicht entscheiden, ob er die Behauptung als blöden Ulk auffassen oder es ablehnen soll, darüber nachzudenken, falls es doch ernst gemeint war.

Selbst wenn Sie einem wirklich aufgeschlossenen Wissenschaftler erklären würden, dass sich jede Form der Materie aus Photonen zusammensetzt – spätestens wenn Sie auf das identische Energieniveau aller Photonen hinweisen, wird er selber schlussfolgern, dass allein die Anzahl der Photonen, also die Masse, für die Energiemenge des Objektes ausschlaggebend ist. Und in dem Moment, wo er dies registriert, greift seine Konditionierung aus dem Studium und er macht dicht, verweigert sich völlig. Rationales Denken unmöglich.

Wenn Sie die Denkleistung eines Philosophen in Frage stellen, der Kant glorifiziert, den kategorischen Imperativ feiert und vielleicht sogar noch Bias als einen der sieben Weisen zählt – dann sind Sie es, der sich erklären soll!

Wenn Sie einem Juristen widersprechen und darauf hinweisen, dass einer Sache gleichgesetzt zu sein eben nicht bedeutet, der Sache gleich zu sein – dann glaubt er, geduldig und wohlwollend zu sein, wenn man Glück hat!

Ein Betriebswirt glaubt tatsächlich, dass sein Geld auf einem Sparbuch sicher wäre und ein Geschichtslehrer geht davon aus, er würde wahre Zeugnisse der Vergangenheit in die Zukunft tragen!
Egal wohin man sieht - je höher der akademische Grad einer Person, desto fragwürdiger ist ihr fachspezifisches Gesamtbild! Tendenz steigend!

Daran sind diese Leute aber gar nicht schuld.
Also nicht die 99,99999999 % der Weltbevölkerung, von denen wir grade reden. Zu den anderen kommen wir später.

Jeder Mensch befindet sich im Naturzustand, wenn er das Licht der Welt erblickt. So war es einst bei den Eltern und Großeltern, als sie ihre lange Reise begannen. Und so wird es auch bei den Kindern und Enkelkindern sein. Der blöde Nachbar, selbst die ärgsten Feinde waren ursprünglich harmoniebedürftige Wesen, die mit sich und der Natur im Einklang waren, einen ausgeprägten Gerechtigkeitssinn pflegten und Neugierde mit Kreativität kombinierten.
Doch je älter der Mensch in der heutigen Gesellschaft wird, je weiter er sich entwickelt, desto mehr Widerstand baut sich auf, um das ganz eigene, individuelle Wesen zu zerstören und die zurückbleibende leere Hülle in

diese ekelerregende Matrix zu kotzen. Seinen entfesselten Widerstand bezeichnet man belustigt als Pubertät und führt ihn auf irgendwelche Hormone zurück. Ja, „irgendwelche Hormone", das scheint ein Fachausdruck zu sein.

Kinder weinen nicht, weil es keinen Weihnachtsmann gibt! Das können sie verarbeiten. Sie weinen, weil wirklich jeder sie belogen hat! Selbst die Eltern, die Geschwister, die komplette Familie, alle Lehrer, jeder war Teil der Weihnachtsmann-Verschwörung! Da ist eine Welt zusammen-gebrochen; vorausgesetzt, dass sie zu diesem Zeitpunkt noch heil war. Dass ein solch unfassbares Trauma nachhaltige Auswirkungen hat, könnte man sich denken, wäre man nicht selber schon zu lange Opfer. Doch man selbst hat scheinbar auch keinen Schaden genommen, soweit man weiß, wahrscheinlich. Was soll´s. Es ist ja auch nicht so, dass man das gesamte Fest mit allem drum und dran nebst Weihnachtsmann so lassen könnte und lediglich auf die Fiktion dieser Person hinweisen müsste. Oder doch?

In der Schule wird das Unterbewusstsein schon für die Resthirn-vernichtungsmaschinerie „Studium" vorbereitet. Dort angekommen, flieht man beinahe vor dem Naturzustand und bekommt noch kostenfrei eine kognitive Dissonanz mit auf den Weg.
Der moderne Mensch bemerkt nichts von beidem. Wobei, wenn er richtig Pech hat und er mehr klug als intelligent ist, dann kann er heutzutage eigentlich jedes Studium vergessen.

Es sei denn, er ist bereits auf dem Rückweg - zurück zum Naturzustand.
Dieser Weg ist meist lang und beschwerlich. Aber er ist da! Bestimmt gibt
es sogar Abkürzungen zwischen den Irrwegen, Abhängen und Klippen.
Und manchmal zeigt einem sogar jemand den Weg.

Wer nicht weiß, dass er sich bewegt, der überlegt auch nicht, wohin er sich
bewegt. Wer den Fehler nicht bemerkt, der kann auch nicht über Korrektur
nachdenken.
Irgendwer sagte mal sinngemäß, dass jeder irgendwann mal über die
Wahrheit stolpern würde. Aber die meisten Menschen stünden auf,
klopften sich die Spuren ab und liefen weiter.

Aber das machen nicht alle so. Manche laufen nicht einfach weiter. Einige
wenige, meist hochsensible Personen oder gar Empathen, stellen ihren
Focus direkt darauf ein, worüber sie gestolpert sind und versuchen das
Irritierende zu rekonstruieren und zu erfassen.
Henry ist beispielsweise jemand, der ganz genau hinsieht. Dem macht so
schnell keiner was vor. Immerhin sind bereits 30 Jahre vergangen, seit er
stutzig wurde. Und nun, da sich Henry in den letzten drei Jahrzehnten
enorm befähigte, steht er manchmal zufällig daneben, wenn jemand ins
Trudeln kommt. So hat Henry auch beobachtet, wie Mario damals zu
grübeln begann. Anstatt ihn anzuleiten, begleitete er ihn.
Egal wie genau Henry ihm alles erklären würde, nur wenn Mario selber
den ihn umtreibenden Fragen auf den Grund ginge, könnte er Gewissheit
haben.

Henry lies Mario gerade so lange in den Abgrund schauen, wie er es als zumutbar erachtete. Denn bei diesem Punkt wollte er keinen Kompromiss eingehen! Auf gar keinen Fall wollte er aufgrund der psychischen Belastung irgendwelche Wesensänderung bei Mario fürchten müssen. Sowas musste er schon viel zu oft beobachten, ohne etwas ausrichten zu können.

Bisher konnte er das bei Mario ganz gut vermeiden, doch heute hat er keinen Einfluss mehr darauf. Weit weg, erfährt er erst sehr spät von Marios Sprung ins kalte Wasser. Dabei haben die beiden nun schon eine ganze Menge zusammen erlebt.

Inzwischen führt Mario die „wer-hat-wem-den Arsch-gerettet"-Liste mit zwei Punkten Vorsprung an. Dass er die krassesten Situationen, in denen Henry ihm den Rücken freihielt, gar nicht bemerkt hat, ist nur eines der vielen Geheimnisse von Henry. Umso besser, dass Mario den vermeintlichen Vorsprung bescheiden herunterspielt.

In den folgenden Tagen, die nicht nur Marios Leben völlig auf den Kopf stellen werden, muss er, Mario Loreydo, feststellen, dass auch er unausgeglichen, gar ob äußerer Umstände regelrecht überfordert sein kann. Noch ahnt er nichts davon.

Noch liegt er gemütlich in seinem warmen Bett.

Noch ist alles schön. Aber auch diese Ruhe wird ihr jähes Ende finden.

Akt I

Kapitel I - Was ist hier los?

Montag, 09.07.2029

Die Stille im Hause Loreydo weicht dem unharmonischen Zusammenspiel
von vier Weckern, die quer im Zimmer verteilt sind. Jasmin wäre gleich
beim ersten Klingeln wach geworden. Wahrscheinlich wäre sie sogar schon
wach gewesen und hätte mit dem Finger über dem Ausschalter nur darauf
gewartet, dass der Blechkasten versucht, die friedliche Ruhe zu stören.
Danach hätte sie Mario mit sanften Liebkosungen geweckt.
Doch nun wird er dermaßen fies von dem hasserfüllt schrillenden
Wutgepläke des Wecker-Quartets attackiert und aus dem Schlaf geprügelt,
dass er sich beinahe in eine Art Ohnmacht flüchten möchte. Ausgerechnet
heute! An diesem wichtigen Tag wäre eine Verspätung nicht akzeptabel!
Darum hatte er auch, nachdem seine Frau für ein paar Tage mit den beiden
Kindern verreiste, vorsorglich die alten Aufwachhilfen um sein Bett herum
aufgestellt.

Die Wecker noch gar nicht ganz wahrnehmend, bekommt er beim
Erlangen des Bewusstseins einen Schock. Er weiß, dass er schon längst
hätte wach sein sollen. Das merkt er immer sofort, wenn er verschlafen
hat. Orientierungslos zwingt er sich zur Eile und überlegt, was er jetzt als
erstes machen soll.

Ein Blick auf die Uhr - es ist 6:37 Uhr. Eigentlich wäre es noch rechtzeitig, stünde nicht vorher noch dieses wichtige Treffen mit Henry an, das Mario bedeutende Informationen für die anstehende Versammlungen verschaffen soll.

Die aufsteigende Hektik bekämpfend bemerkt er, dass der Fernseher noch läuft. Er lässt diesen zum Einschlafen häufig leise eingeschaltet und vergisst manchmal, den Timer zu stellen. Nun hört er den Nachrichtensprecher von dem heiß diskutierten Ereignis reden und würde diesem zu gerne seine Aufmerksamkeit widmen, hätte er nur die Zeit dafür. Der Sprecher berichtet gerade in feierlicher Heiterkeit über das heute stattfindende Spitzentreffen aller Nationen. Anlass ist ein globales Großabkommen für eine unvorstellbare Vernetzung der Ressourcen verschiedener Geheimdienste, einiger NGOs, also Non-Gouvernement-Organisations, wissenschaftlicher Institutionen und diverser Akteure, deren bloße Existenz nicht einmal die aufmerksamsten Beobachter ahnen.
Noch vor wenigen Wochen wäre dieses Treffen undenkbar gewesen. Die Regierung der NAU, der nordamerikanischen Union, wirbt schon lange dafür, die weltweiten Anlagen miteinander zu vernetzen und global nutzen zu können.

Was ihre Administration sonst noch im Schilde führt, das ahnt zu dem Zeitpunkt nur ein sehr geringer Teil der Bevölkerung. Noch sind die meisten Vorgänge geheim. Die Menschen denken tatsächlich noch, bei der nationalen oder interkontinentalen Politik ein kleines Bisschen mitentscheiden zu können. Sie glauben wirklich, dass Wahlen etwas verändern könnten.

Wie zynisch! Ausgerechnet die militärisch und wirtschaftlich isolierte NAU plädiert seit Jahren offiziell dafür, "Ressentiments anderen Ländern gegenüber" entgegenzuwirken und alle denkbaren Möglichkeiten zu prüfen, um einerseits die Erde zu verlassen und sie andererseits wieder halbwegs bewohnbar zu machen. Selbstverständlich nur unter eigener Leitung. An anderen, wesentlich besser konzipierten und bereits weit vorangeschrittenen Projekten mitzuwirken, kam natürlich nicht in Frage.

Mario beschließt, erst einmal Wasser in die Wanne laufen zu lassen und will gerade ins Bad sprinten, als er plötzlich schockiert zusammenzuckt - das Telefon klingelt! Seit weit über zehn Jahren rief da keiner mehr an und nun erfolgt schon der zweite Anruf innerhalb eines Monats. Wie gelähmt steht der athletisch gebaute Mann im Raum, bevor er seinen muskulösen Körper in gefühltem Zeitlupentempo zu dem Telefon wuchtet. Die Wände scheinen auf ihn zuzukommen und ihm wird gleicher Maßen heiß und kalt. Der Schreck sitzt tief in seinen Knochen und in ihm steigt ein Gefühl auf, als riefe ihn Morpheus persönlich an. Dieses Telefon.

Es ist eines der beiden letzten analogen Kabeltelefone in der Stadt. Nicht mal ein Display hat das Gerät. Mario fragt sich jahrelang, wozu es noch gut sein soll. Immerhin hat jeder mindestens ein ganz normales Satellitentelefon. Die meisten Leute nutzen schon seit Jahren Handys mit Hologramm-Funktion, telefonieren mit ihren 6.0-Uhren oder den vielleicht nicht ganz zu Unrecht kritisierten Screwgle-Brillen oder gar direkt via Kiefer-Implantat.

Dieses Telefon. Wie konnte Marios Vater das wissen? Das Letzte, was er sagte, bevor er in den Armen seines Sohnes starb, war, dass er es unter allen Umständen, egal was passieren und was es kosten möge, behalten müsse.

Mit einer zitternden, von kaltem Schweiß getränkten Hand ergreift Mario den Hörer und zieht ihn wie paralysiert an das rechte Ohr. Die leise, etwas beruhigende aber doch sehr bestimmte Frauenstimme auf der anderen Seite ruft mit den Worten „Bleib ruhig," ein eigenartiges Gemisch an Gefühlen in ihm hervor. Sie ist ihm fremd, wirkt aber trotzdem auf sonderliche Weise sehr vertraut. Mario konzentriert sich auf die Stimme der Unbekannten und stellt vorerst die eigenen Fragen zurück. Sie zu analysieren bestrebt, hört er ihr ganz genau zu.

„Du hast noch genug Zeit, Mario. Dein Freund Henry wird dich in 31 Minuten auf deinem Handy anrufen und das Treffen absagen, er wird es nicht schaffen. Lass dir ein Bad ein, iss etwas, füttere die Katze und dann geh an dein Notebook. Du hast eine E-Mail erhalten. Druck die Liste aus, verwende dafür das gute Papier! Du wirst sie in die Ledertasche tun, die du für den Barkleybericht besorgt hast und sie Bones, deinem Boss, heute bei der Vorversammlung geben. Er wird dich nach deiner Meinung zum Barkley-Protokoll fragen. Deine Antwort wird ihn mit Sicherheit arg überraschen!"

Mario schaut fragend den schwarzen Hörer an und will gerade die Bedenken hinsichtlich der Reaktion seines Chefs formulieren. Lediglich ein leises „Aber" bringt der sonst überaus selbstbewusste Geheimagent heraus, da hört er schon die Antwort der Anruferin, die seine Gedanken zu lesen scheint und mit einer sanften Stimme auf ihn eingeht. „Mach dir keine Sorgen um Bones. Kurz bevor er einen Tobsuchtsanfall bekommt, wird das Telefon klingeln, du weißt, welches ich meine. Und wenn dieses Ferngespräch endet, brauchst du nichts mehr zu erklären. Du wirst das schon hinbekommen, da bin ich mir absolut sicher."

Sie beendet das Gespräch, ohne Mario die Möglichkeit zu geben, eine der unzähligen Fragen zu stellen, die ihn plagen. Wieso ruft sie ausgerechnet ihn an? Ist sie der Grund, warum Mario von seinem Vater ermahnt wurde, das Telefon zu behalten? Wie soll er Bones so harsch widersprechen, ohne auf eine zu erwartende Frage eine Antwort zu haben? Was ist mit Henry? Mario ist total irritiert.

Aus dem Reich der Träume kommend, wurde er soeben unter feindlichem Weckerbeschuss von einem extremen Adrenalinschub wie mit einem Kickstart in Sprinterposition beschleunigt und sofort wieder durch den Anruf ausgebremst. Seine Gedanken springen nun im Sekundentakt zwischen den vielen Fragen hin und her, die diese mysteriöse Frau, die sich im ersten Telefonat als Ms. Key vorgestellt hatte, aufgeworfen hat.

Während Mario wie ferngesteuert ins Bad geht und Wasser in die große Wanne einlässt, rätselt er, woher sie Henry wohl kennen möge, grübelt über die Tatsache, dass sie etwas von seiner neuen Tasche weiß, ja selbst seine Katze erwähnte und überdies auch noch seine Mailadresse kennt! Bei diesem Gedanken fängt sein Herz sofort wieder an, zu rasen. Vor Schreck rutscht ihm die gläserne Karaffe mit dem Schaumbad aus der Hand und zerbricht am Boden der riesigen Badewanne. Mario dreht das Wasser wieder ab, lässt die Scherben vorerst liegen und eilt ins Arbeitszimmer. Das

Notebook ist binnen einer Sekunde hochgefahren. Er klickt auf den Internetzugang und lässt den zwischen Daumen und Zeigefinger der rechten Hand implantierten RFID-Chip scannen - seit einigen Jahren kommt man nicht mehr ohne sich zu identifizieren ins Netz. Mario hält beim Anblick der tatsächlich eingegangenen Mail kurz inne, öffnet sie dann und staunt, wie viele Namen hier mit Geburtsdatum, Familienstand, Sprachkenntnissen und weiteren Angaben aufgestellt sind. Er druckt die Liste eilig aus.

Dann loggt er sich bei seinem Auktionsaccount ein. Vielleicht hat er dieses Mal etwas mehr Glück. Er versucht seit einer gefühlten Ewigkeit, ein Glas Honig zu ersteigern. Seit die Bienen ausgestorben sind, ist Honig eine sehr begehrte Kostbarkeit. Doch enttäuscht muss Mario feststellen, dass sein Angebot auch dieses Mal weit überboten wurde.

Er legt die inzwischen ausgedruckte Liste in die neue Ledertasche und bringt diese ins Schlafzimmer. Dann nimmt er das Gemälde von der Wand, öffnet den dahinter verborgenen Safe, verwahrt den Aktenkoffer darin und atmet, nachdem der Tresor wieder verschlossen ist, kurz erleichtert aus. Mario ist ein sehr gut ausgebildeter Kämpfer und in sein Haus einzudringen, ist nicht gerade die leichteste Aufgabe. Trotzdem ist er in manchen Situationen unruhig. Wahrscheinlich liegt das an seinem speziellen psychologischen Training.

Nachdem er das Bild aufgehängt hat, geht er wieder ins Bad. Er rollt den silbernen Abfalleimer mit dem rechten Fuß neben die Wanne, setzt sich auf den Wannenrand und beginnt, die Scherben heraus zu sammeln, als urplötzlich alles ganz schnell geht! Ausgerechnet in dem Moment, als er das größte Bruchstück in der Hand hält, bemerkt Mario einen Schatten im Flur! Der Schreck währt nur einen Wimpernschlag. Blitzschnell schleudert Mario die Scherbe in Richtung Tür. Der folgende Hechtsprung zu dem kleinen Badschrank ist ebenso lautlos wie elegant zugleich. Erneut erweist es sich als gute Idee, dass Mario vor einigen Jahren in jedem Raum mehrere Betäubungspistolen versteckte. Exakt in dem Moment, als die komplett schwarz vermummte Person zu sehen ist, passiert die wuchtig geschleuderte Glasscherbe schon die Tür, während Mario zeitgleich auf den polierten Fließen landet. Mit dem gestreckten rechten Arm kann er die Betäubungspistole greifen, die er an der Unterseite des Schränkchens angebracht hatte und gerade, als der Einbrecher erkennt, dass er bemerkt wurde, wird er auch schon schmerzhaft von der Scherbe am rechten Oberarm getroffen, die Wunde klafft vier Zentimeter tief! Bis er die Situation realisieren und aus der Tür springen kann, sind vielleicht zwei Sekunden vergangen - genug Zeit für den Hauseigentümer, um zwei Betäubungspfeile zu platzieren. Mario springt auf und rennt in den Flur, kann den Fremden allerdings nirgendwo sehen. Er rennt den langen Gang hinunter zum großen Saal und muss fassungslos feststellen, dass eines der Fenster offensteht und dem Schurken die Flucht ermöglichte. Mario war absolut sicher, dass dieser nie hätte fliehen können. Die Fenster verfügen über Schlösser der höchsten Sicherheitsstufe und gelten als unpassierbar! Doch auch abgesehen davon, dass der Ganove gar keine Zeit hatte, um das Fenster zu öffnen - er hätte schon bei einem Pfeil nach einer Sekunde umfallen müssen. Nach zwei Pfeilen müsste er jetzt eigentlich tagelang schlafen. Mario springt aus dem Fenster und will dem Fremden hinterher, immerhin kann dieser ja nicht weit gekommen sein. Aber nach zehn Minuten erfolglosen Suchens kehrt er wieder zurück.

Er ist außer sich vor Ratlosigkeit.

Mehr als die erfolgreiche Flucht beschäftigt ihn nun die Frage, wie der Typ unbemerkt in das Haus gelangen konnte. Das Sicherheitssystem besteht aus Bewegungsmeldern, Wärmedetektoren, Infrarot- und Mikrowellensensoren, Geräuscherkennung und Gewichtssensoren, die den gesamten Boden des riesigen Grundstücks durchziehen; die kaum erkennbaren Kameras sind an das INDECT-Programm angeschlossen. Jede Unregelmäßigkeit bei einem der Systeme wird auf einem Display seiner Armbanduhr und auf mehreren Monitoren in seinem Haus angezeigt. Zudem beginnt der kleine RFID-Chip, der hinter Marios linkem Ohr eingepflanzt wurde, zu vibrieren. Er wurde extra injiziert, um das Warnsystem perfekt zu machen. Natürlich wird dadurch auch Marios Position bestimmt, damit er nicht selbst den Alarm auslöst.

RFID-Chips haben in den letzten Jahren stark an Bedeutung gewonnen. Anfangs hauptsächlich in Kleidungsstücken und in der Logistik eingesetzt, wurden sie inzwischen fast jedem Menschen in die rechte Hand eingepflanzt. Diese Chips ersetzten bereits die Personalausweise, EC-Karten, Krankenkarten, Führerscheine und allerhand mehr. Um sich auszuweisen oder etwas zu bezahlen, lässt man seine rechte Hand scannen; was einige Leute aus gutem Grund an das Malzeichen der Johannes-Offenbarung 13 Vers 16 – 17 erinnert:

„Und es macht, dass die Kleinen und die Großen, die Reichen und die Armen, die Freien und die Knechte allesamt sich ein Malzeichen geben an ihre rechte Hand oder an ihre Stirn, dass niemand kaufen oder verkaufen kann, er habe denn das Malzeichen, nämlich den Namen des Tiers oder die Zahl seines Namens".

Und ausnahmslos jedes Preisschild weltweit hebt die stets gleiche Ziffer der dreistelligen Zahl des Tieres an der ersten, mittleren und letzten Stelle des Barcodes durch verlängerte Linien deutlich hervor - wer davon hörte, hat es geprüft. Skepsis hat dabei nur eine aufschiebende Wirkung. Nachdem 1000e Strichcodes begutachtet wurden, war der unheilvolle Code, der sich auf jedem käuflichen Gut verbirgt, unmöglich zu leugnen. Jahrzehnte nach Einführung des Barcodes erhielten alle Menschen das Mal. Aber anfangs klang es sehr gut. Es wurde argumentiert, dass man durch diese Chips die Kriminalität stark eindämmen könne. Man könnte zudem die Vitalfunktionen überwachen, Rettungskräften die Arbeit deutlich vereinfachen, viel Bürokratie abbauen und was nicht sonst noch alles. Außerdem war ja davon auszugehen, dass die Technik makellos ausgereift und vor Missbrauch geschützt wäre, bevor sie zum Einsatz käme.

Einige Menschen bemerkten damals, wie schnell jene, die vor den Gefahren dieser Chips warnten, unter Generalverdacht gestellt wurden; zum Teil kurz darauf verschwanden oder „verunglückten". Doch das war nichts Neues.

Man muss natürlich immer aufpassen, wie man seine Kritik formuliert, wenn man sie in diesen Zeiten überhaupt laut äußert. Ist ja klar, wenn der leiseste Hauch freier Meinung im Subtext mitschwingt, dann kann das sofort aufbereitet werden.

Aber man hat eh nur dann eine eigene Sichtweise, wenn man auch selber aktiv nachgedacht hat, anstatt sich unreflektiert beschallen zu lassen und die vorgegebene, propagierte Sichtweise als die eigene auszugeben. Es muss also nur eine kleine Minderheit auf ihre Formulierung achten. Und im Grunde ist auch das nichts Neues. Die peRFIDen Chips wurden ohne großen Widerstand durchgesetzt und sollten noch eine gewisse Zeit relativ zuverlässig sein. Zumindest, sofern ihr Träger nicht bei der Verbreitung demokratischen Gedankenguts erwischt wird.

Doch dass der Chip hinter Marios linkem Ohr dieses Mal nicht vibrierte, ist rätselhaft; dass der Eindringling entkommen konnte, kaum zu glauben. Es ist unmöglich, hier rein und wieder raus zu spazieren. Trotzdem ist genau das gerade geschehen.

In Gedanken vertieft, verschließt Mario das Fenster. Er schaut auf die Uhr und überlegt kurz. Es ist 07:02 Uhr. In zwei Stunden muss er im Büro von Bones sein. Wenn das Treffen mit Henry wirklich ausfällt, hat er noch genug Zeit.

Rätselnd, was der Einbrecher gewollt haben könnte, sieht sich Mario in seinem Haus um. Es scheint nichts zu fehlen. Hatte es der Eindringling auf die gerade erst ausgedruckte Liste abgesehen? Wäre sie schon weg gewesen, wenn Mario nicht vorsorglich den Koffer in der eigenen, eigentlich sicheren Wohnung verschlossen hätte? Aber nein. Der Typ kann doch gar nichts von der Mail gewusst haben. War es ein Auftragskiller? Aber niemand hätte einen Vorteil von Marios Tod. Für einen gewöhnlichen

Einbrecher ist der Geflohene auf jeden Fall viel zu gut. Egal, in welche Richtung Mario auch denkt, es ergibt einfach alles keinen Sinn.

Er geht wieder ins Bad und hebt die Glasscherbe auf, die den Einbrecher verletzt hat. Das daran klebende Blut wird Mario gleich analysieren. Vorher sammelt er hastig die letzten Scherben aus der Wanne.

Auf dem Weg zum Arbeitszimmer, in dem Marios Geräte stehen, kommt er wieder an seinem Schlafzimmer vorbei. Es befindet sich zur rechten Hand und lässt die ersten morgendlichen Sonnenstrahlen in den großen breiten Flur einfallen. Als Mario an dem Zimmer vorbei laufen will, erblickt er wieder das Telefon und bleibt ruckartig stehen. Wie ein Geistesblitz kommt es ihm vor, dabei ist es doch das Erste, was jeder getan hätte - einfach den Netzbetreiber anrufen, um zu erfahren, woher der Anruf gerade kam. Vielleicht erfährt er die Adresse und den richtigen Namen dieser Ms. Key. Mario nimmt die Scherbe in die linke Hand, bevor er mit der rechten nach dem Telefon greift und die Vermittlung wählt. Noch bevor der Rufton ein zweites Mal ertönt, ist er mit einem Angestellten verbunden. Dieser teilt Mario allerdings mit, dass die Anruflisten nur für zehn Jahre gespeichert werden dürfen. Und im benannten Zeitraum soll dieser Anschluss weder ein-, noch ausgehend genutzt worden sein. Marios ratloser Blick wird zunehmend ernster. Sicher hat diese Ms. Key irgendeine Technik eingesetzt, damit ihr Anruf nicht zurückverfolgt werden kann. Warum zum Teufel sollte Mario nach dieser Feststellung weiterhin jeden Monat 11 Amero für die Permanentortung seiner Leitung zahlen? Die eingehenden Ferngespräche sind ohnehin fast so selten wie aufrichtige Menschen.

Mario lässt sich seine Irritation nicht anmerken, bedankt sich und wünscht dem am anderen Hörer einen schönen Tag. Dann setzt er sich grübelnd auf die Bettkante und starrt auf das Aquarium.

Kurz darauf klingelt sein Handy. Er springt auf, zieht es flink aus der Tasche und hofft, sich nicht zu irren. Und tatsächlich. Es ist Henry. Schon die bloße unbestimmte Neugierde auf das folgende Gespräch treibt Mario das Adrenalin mit Hochdruck durch die Gefäße. Die sich dezent durchsetzende Hoffnung, nun die ersten Antworten auf einige der vielen offenen Fragen zu erhalten, setzt trotzdem deutlich intensivere Impulse. „Hey Henry wie geht's dir? Was ist los?" - „Hallo Mario, grüß dich. Ich muss das Treffen absagen, hier ist irgendetwas faul! Irgendwer ist hinter mir her! Ein paar meiner Informanten sind nicht mehr auffindbar und mir wurden wichtige Unterlagen aus meiner Wohnung geklaut, ohne dass Einbruchspuren dies bezeugen könnten. Wie jeden Morgen habe ich vor etwa einer Stunde den Pagen gebeten, meinen Wagen vorzufahren. Als ich grade alle Sachen zusammensuchte, knallte es unten fürchterlich und das ganze Hotel erbebte! Der arme Kerl! Irgendjemand hat an meiner Karre eine Autobombe angebracht und damit den Pagen getötet! Ich habe keine Ahnung wer mich umbringen wollte, immerhin kennt fast niemand meine wahre Identität. Ich werde jetzt erst einmal untertauchen und versuche herausbekommen, was hier gespielt wird. Sei vorsichtig und trau keinem! Egal wer es ist und wie lange du ihn kennst, trau niemandem, nicht mal deinem Boss! Sobald ich in Sicherheit bin und weiß, was hier geschieht, melde ich mich wieder bei dir. Pass auf dich auf man! Bis dann, tschüss." - „Warte! Mist!" Henry hat schon aufgelegt.

Was ist das für ein verrückter Tag? Wer könnte Henry schaden wollen? Hat derjenige auch was mit dem Einbrecher in Marios Wohnung zu tun? Und was weiß diese Ms. Key? Ihr war bekannt, dass Henry das Treffen absagen wird. Hatte sie auch Kenntnis von der Bombe? Hat sie was damit zu tun? Wahrscheinlich gibt es da irgendeinen Zusammenhang aber welchen? Mario ist ganz aufgewühlt. Zudem ist ein mathematisch so ungünstiges Verhältnis von neu gewonnenen Informationen zu neuen, weiteren quälenden Fragen nach den hohen Erwartungen an das Telefonat leicht verstörend.

Mario wird nervös. Ein immenser Tatendrang macht sich breit und treibt, nein, hetzt ihn regelrecht ins Bad. Dort stellt sich unter die Dusche, da er nicht warten will, bis die Wanne vollgelaufen ist. Nach wenigen Minuten ist er fertig, nimmt sich ein Handtuch und trocknet sich auf dem Weg ins Schlafzimmer ab. Dort angekommen zieht er den erstbesten Anzug aus dem Schrank und zieht ihn auf dem Weg ins Bad an. Er braucht keine zehn Sekunden, um seine Haare zu stylen. Nachdem er sich zähneputzend die Schuhe angezogen hat, schnappt er sich auf dem Weg zum Auto das Paket Riesendonuts, das er sich einen Tag zuvor unten an der Ecke geholt hat, um es während der Fahrt zur Arbeit zu essen. Doch kurz vor dem Auto bleibt er stehen. Wie konnte er das vergessen? Er wollte doch das Blut analysieren! Womöglich weiß er danach, wer nun da draußen mit einem blutigen Ärmel unterwegs ist und mit akuter Müdigkeit zu kämpfen haben müsste.

Mario stellt die Packung Donuts auf den Boden und eilt wieder zurück ins Schlafzimmer, um die Scherbe zu holen. Er bringt sie ins Arbeitszimmer und legt sie auf den Scanner. Dieser hat sämtliche Daten binnen Sekunden ermittelt und an den Computer weitergeleitet. Wenn das Blut schon mal registriert wurde, dann muss er es in seinen Datenbanken auf jeden Fall finden, immerhin hat er die zweithöchste Freigabe der CIA. Die Freude über das tatsächlich gefundene Resultat hält nur so lange, bis er auf „anzeigen" klickt. Mario starrt geschockt den Bildschirm an und kann nicht glauben, was dieser ihm anzeigt - völlig ausgeschlossen! Ihm wird es schwarz vor Augen und seine Lippen fangen an zu kribbeln. Ein unangenehmes Fiepen und ein dumpfes Rauschen in den Ohren deuten ebenfalls auf einen bevorstehenden Zusammenbruch hin. Scheinbar hat sogar Mario Grenzen und kommt zum ersten Mal mit etwas nicht klar. Er setzt sich auf den Teppich und kann den in ihm aufsteigenden Würgereiz nur mit Mühe unterdrücken. Langsam weichen das fiese Geräusch, der Schwindel und das Kribbeln einem kurzen Schock, bevor er sich wieder fassen kann.

Natürlich haut das, was der Computer ihm anzeigt, den Boden unter den Füßen weg. Das kann nicht stimmen! Niemals! Wie soll dies das Blut seines verstorbenen Vaters sein, wo doch Mario selbst Zeuge dessen Todes werden musste? Er hielt ihn damals in New York fest in den Armen, als dieser seine letzten Atemzüge aushauchte. Das scheinbar Einzige, woran Manfred dachte, war, seinen Sohn zu ermahnen, das Kabeltelefon zu behalten. Dabei hatten die beiden so ein inniges Verhältnis. Trotzdem hatte Manfred in diesem dramatischen Moment, kurz nachdem er abermals zum Helden wurde, nicht das vorrangige Bedürfnis, sich zu verabschieden. Er sprach von dem Telefon. Es muss ihm also extrem wichtig gewesen sein.

Mario wechselt instinktiv die Persönlichkeit und betrachtet sich selbst aus einer übergeordneten Perspektive, also mit dem dritten Auge. Er attestiert sich aufgrund des soeben angezeigten Ergebnisses der Blutanalyse eine vorübergehende kognitive Dissonanz. Die in der Folge zu erwartenden Auswirkungen wehrt er schlicht aus dem Bewusstsein heraus ab, dass diese nun potentiell auftreten könnten. Dies entspricht einem Leitmotiv Marios, dass eine Gefahr keine Gefahr mehr sei, wenn man diese bereits auf sich zukommen sähe. Man dürfe nur die frühzeitig erkannte Bedrohung nicht mit der Zeit wieder vergessen.

Sich im Klaren darüber, dass der heutige Tag noch einige Herausforderungen bereithält, beschließt Mario, das grade Erlebte erst von seinem Unterbewusstsein verarbeiten zu lassen und, zumindest die nächsten Stunden, nicht aktiv darüber nachzudenken. Er ahnt, dass keine gewöhnlichen Aufgaben vor ihm liegen. Er wird sich konzentrieren müssen, um die übliche Perfektion zu erreichen. Dies wird er nicht gewährleisten können, wenn ihn ein solch gigantisches Thema beschäftigt, ihn emotional so heftig zu erfassen und voll in Besitz zu nehmen droht. Immer wieder muss er an seinen Bruder denken. Dann wehrt er diese Gedanken erfolgreich ab und steht auf.

Nachdem er die Tasche mit der Liste aus dem Safe geholt hat, läuft er zum Auto und hebt auf dem Weg dorthin die Donuts vom Boden auf.
Kurz vorm Starten des Wagens sieht er erneut auf die Uhr - es ist kurz vor um acht. Mario hat noch über eine Stunde, bis er in Bones´ Büro sein soll. Sofort sind die eben vertriebenen Gedanken wieder da.

Er überlegt hin und her, dann ändert er seine Meinung und beschließt, auf dem Weg zur Arbeit noch einen Umweg in die städtische Psychiatrie zu machen und seinen Bruder Hank dort zu besuchen.

Kapitel II – Im Büro von Bones

8:51 Uhr

Mario steigt nervös aus seinem gepanzerten Luxuswagen und betrachtet nur im Vorbeigehen die demolierte Fahrerseite. Immerhin weiß er nun wenigstens, dass die Hütte noch eine Weile fährt. Aber so richtig schafft es die Erinnerung an diesen mehrfachen Überschlag nicht ins Bewusstsein, kurz vor dem CIA-Gebäude; kurz bevor er seinem Boss die Nummer mit der Liste verklingeln soll. Und dabei soll er einzig darauf vertrauen, dass irgendwer im richtigen Moment anruft. Naja.
Eigentlich hat er nur noch wenige Minuten für unzählige Gedanken aber doch, der Hausmeister schafft es, ihn zu irritieren. Alexander, so heißt er, lief grade wie immer diesen Umweg, den außer ihm schon seit Jahren keiner mehr benutzt. Aus irgend einem Grund läuft er nie normal über die Holzplanken sondern jedes Mal diesem langen Bogen komischer Stahlstreben entlang. Mario grübelte schon häufiger, was der da macht, ob der überhaupt irgendwas dahinten macht oder einfach nur den Umweg läuft. Das würde Mario vermutlich auch jetzt überlegen, hätte sich Alex

nicht so flink mit dem Hund genähert. Ob das sein eigener ist? Der und ein Hund? Klingt nach einem schlechten Titel. Das Tier wirkt ziemlich imposant. Darum wird es auch von Mario mit der klassischen Floskel gewürdigt: „Cooler Hund, hört der auch?" - „Na klar, der reagiert nur nicht!" Diese Antwort ist echt typisch. Sie wirft sofort wieder die Frage auf, ob der Typ echt so verpeilt ist oder einfach nur einen sautrockenen Humor auslebt. Das weiß vermutlich außer ihm niemand. Wenn überhaupt.

Mario sammelt sich gedanklich beim Betreten des Gebäudes. Er erinnert sich, dem langen Gang zu Bones` Büro folgend, daran, wie aufgeregt Henry während des Telefonats klang. Er hatte Mario in den gesamten sieben Jahren nicht einmal versetzt.

Sichtlich verkrampft zieht Mario die Ledertasche aus dem Aktenkoffer und legt sie hastig und ohne ein Wort zu sagen auf den massiven, schwarzen Schreibtisch seines Chefs. Dieser mustert irritiert Marios pulsierende Kopfverletzung und überlegt auch erst, sich danach zu erkundigen, kommt dann aber doch gleich zur Sache.

Wie erwartet, wird Mario sofort zum Barkleybericht befragt. Er wirft einen kurzen, beinahe ängstlichen Blick auf das rote Kabeltelefon, das farblich gar nicht zu der sonst so aufeinander abgestimmten Einrichtung des Büros passt. Sein Chef und die sieben Kollegen sehen ihn fragend, fast schockiert an, als er die Frage von Bones einfach umgeht.

„Ich bin mir dessen bewusst, wie dringlich diese Angelegenheit ist. Aber bei allem Respekt, wir haben jetzt deutlich Wichtigeres zu tun! Ich habe hier eine Liste aller relevanten SETI-Mitglieder. Diese Leute erforschen etwa seit 1960 das All mit wissenschaftlichen Suchprogrammen, vor allem im Radiobereich des elektromagnetischen Spektrums und sie kennen sich hervorragend in ihren Bereichen aus. Wir müssen durch einen Physiktest herausbekommen, wer von ihnen am geeignetsten ist!"

Zuvor hatte Mario noch bezweifelt, dass er seinem Boss so schroff entgegentreten würde. Doch nun erzählt er beinahe vollautomatisch, fast wortwörtlich wie vorhergesagt. Er hat das Gefühl, die Worte würden seinen Mund verlassen, noch bevor er sie denkt. Und dann ist da dieser eklige, unerträgliche Augenblick! Alle starren ihn an. Vor etwa einer Sekunde beendete er seine Ausführungen und es kommt ihm vor, als wartete er schon seit einer Stunde auf das Geschreie von Bones. Dieser folgt nach einem kurzen Moment der Fassungslosigkeit dem Blick von Mario, bis schließlich alle Anwesenden zu dem roten Kabeltelefon starren. Bones scheint kurz irritiert von dem Gedanken, dass Mario diesem alten Ding ausgerechnet in dieser Situation eine Bedeutung zuzusprechen scheint, und holt dann tief Luft. Er prescht grade ein lautes, markerschütterndes „Ich" heraus, das den gesamten Raum erfüllt, als er tatsächlich von dem klingelnden Telefon unterbrochen wird.

Mario atmet sichtlich erleichtert auf. Die Zeit steht für einen Augenblick still. Es sieht so aus, als hätte Bones Angst, ranzugehen. Sein starrer Blick hat einen Ausdruck, als wäre er grade auf einem fremden Planeten zu Bewusstsein gekommen. Total verunsichert greift er zu dem Hörer, scheinbar mit allem rechnend.

„Ja? Bones hier", quetscht der riesige, sonst beinahe cholerische Mann mit einer fast knabenhaften Stimme aus seinem Halse. Jahrelang machte er sich darüber lustig, dass das Telefon nur Platz wegnehme. Es sei irrsinnig zu glauben, dass irgendwann jemand diesen Apparat benutzen, das eigentlich nur drei Personen bekannte Codewort nennen und dann irgendwelche Anweisungen geben würde. Dass aber genau dies nun tatsächlich passiert, verschlägt dem Koloss fast die Sprache.

„Ja Sir, ja, selbstverständlich, ja wir werden eine Liste anlegen, ja, ich verstehe, ja die Tests werden in einem sehr großen Umfang angelegt. Ein Spezialteam mit fünf Mitgliedern kann ich sofort auf die Beine stellen." Bones scheint kurz den Faden verloren zu haben. „Ob ich weiß, wer von ihnen das Kommando übernehmen soll?" Bones sieht sich fragend um, bis sein erschrockener Blick auf Mario trifft und augenblicklich wieder entschlossenen wirkt. Bones sieht aus, als würde er vor Spannung gleich platzen. „Ja Sir, ja ich weiß, wer es sein wird, es besteht kein Zweifel. Gut, okay, ja das mache ich, ja in Ordnung, selbstverständlich, auf Wiederhören." –Stille-

Eine unheimliche Atmosphäre durchzieht den Raum. Etwas sehr merkwürdiges, unbestimmbares liegt in der Luft. Alle blicken erstaunt auf Mario. Dieser hingegen wirkt ungewöhnlich gefasst für das grade Erlebte. Nach einigen Augenblicken hat sich Bones wieder gesammelt und wendet sich an seine verdutzte Mannschaft.

„Frank, Jones und Gustav, sie bereiten sich auf die Versammlung vor und kommen 16:00 Uhr wieder in mein Büro. Sie werden mich zu dem Spitzentreffen begleiten, falls es wirklich stattfindet. Max, Peter, John und Mike, ich erwarte sie in fünf Minuten wieder hier. Sie werden sich um die Auswertung dieser komischen Liste kümmern und die sich daraus ergebenden Aufgaben übernehmen. Wir haben eine Menge vor uns! Zuvor habe ich noch etwas mit Mario zu besprechen. Seien sie pünktlich!" Geräuschlos verlassen sie das Zimmer, nicht ahnend, was sie erwartet.

Den Blick gen Boden gesenkt, beendet Bones mit ruhiger, ergreifender Stimme das beklemmende Schweigen. „Du hast gewusst, dass das Telefon klingeln wird, nicht wahr?" Es wirkt beinahe wie eine Unterhaltung zwischen Vater und Sohn, vielleicht auch wie ein Lehrer, der aus einem Schüler nicht schlau zu werden scheint und ahnt, ihn vor etwas bewahren zu müssen. Bestimmt ist dies kein Gespräch zwischen einem cholerischen Boss und einem Angestellten, den er auszuquetschen versucht.
„Ich hatte da so ein Gefühl." Mario, ratlos, was er hätte antworten sollen, klingt beinahe wie ein kleiner Junge, der ein schlechtes Gewissen hat. Zu gerne hätte er sich seinem Vorgesetzten, der inzwischen fast so etwas wie ein Freund geworden war, offenbart. Aber abgesehen von dem Bestreben, erst einmal die aktuelle Gesamtlage zu begreifen - was hätte er denn sagen sollen? Dass ihn irgendeine Frau angerufen hatte? Dass er eine anonyme E-Mail mit dieser Liste bekommen und er selber keine Ahnung hat, was hier los ist? Mario erinnert sich erneut an das Telefonat mit Henry und die nachdrückliche Forderung, niemandem zu vertrauen, blendet es aber gleich wieder aus, als Bones fortfährt.
„Ich weiß nicht, woher du vor Wochen wusstest, dass wir die Chance für das Abkommen haben, wenn wir sofort alles organisieren. Wenn du weißt, wie die Position der anderen Parlamenten ist, noch bevor ich das weiß, dann musst du entweder besser sein, als man sich ausmalen kann oder tief

in eine Sache involviert, die auf interessante Kontakte schließen lässt. Ich war mir sicher, dass es nicht nur Glück war. Wenn du aber schon vorher weißt, dass dieses Telefon klingeln wird, spielst du zweifellos eine enorm wichtige Rolle. Inzwischen habe ich das Gefühl, dass es hier um wesentlich mehr geht, und nehme an, dass du mir nicht alles erzählen kannst, was du weißt. Aber ich vertraue dir. Ich ahne, dass du noch eine ganze Menge vor dir hast. Falls du der Sache mal nicht mehr Herr werden kannst", spricht er mit gesenkter Stimme, während er langsam den Blick erhebt, bis er Mario direkt in die Augen schaut, „Hilfe oder einen Rat brauchst, dann scheu dich nicht auf mich zu zukommen." - Er hält kurz inne - „Gibt es irgendetwas, das ich wissen sollte?" - "Wenn, dann sage ich ihnen Bescheid, vielen Dank."

Mario ist sichtlich erleichtert, das verlief doch mehr als glimpflich. In diesem Moment klopft es an der Tür. Auf die Sekunde genau treten Max, Peter, John und Mike nach einem lauten „Herein!" in das Zimmer.

Max und Mario kennen sich schon seit dem Kindergarten und haben ein nahezu brüderliches Verhältnis. Auch auf die anderen Kollegen kann sich Mario immer verlassen. Sie alle kennen sich schon seit einer Ewigkeit; so gut, dass sie sich nicht nur blind vertrauen, sondern auch fast immer wissen, was die anderen denken, noch bevor diese es ausgesprochen haben. Freunde halt. Dies ist das erste Mal, dass die anderen nicht wissen, was in Marios Kopf vorgeht.

Gemeinsam erstellen sie einen umfassenden Test mit extremen Anforderungen, um die Besten der Besten zu ermitteln. Dabei ahnt keiner von ihnen auch nur ansatzweise, wofür dies erforderlich sein könnte.

Herzstück des Tests ist die Aufgabe, alle Satelliten- und Radarstationen mittels einer Art

W-LAN-Systems mit einer technischen Komponente zu verknüpfen, die für die gesamte Abteilung unbekannt ist. Allein diese Technologie nachzuvollziehen übersteigt den Horizont der Gruppe um Mario, die sie doch sämtliche Hilfsmittel zur Verfügung hat, bei weitem. Stundenlang hatten sie versucht, diese Technik und ihre Funktion zu verstehen. Häufig wich Mario der Frage aus, wo er die Information über etwas so Unglaubliches herhatte.

Kapitel III – Anderson

Bones hatte die Räumlichkeiten der alten Lagerhalle bereits vorbereiten lassen, noch bevor der Test komplett erstellt wurde. Er hat überdies sogar schon fast alle auf der Liste aufgeführten Personen abholen lassen. In Anbetracht der Umstände wäre es zu riskant, nur Einladungen zu versenden. Immerhin weiß er nicht, worum es hier geht, also auch nicht, ob Fluchtgefahr besteht.

Die psychologischen Gutachten, die von allen Prüflingen vor dem Test angefertigt wurden, weisen nur in wenigen Fällen Sonderheiten auf. Einige merkwürdige Theorien über außerirdische Lebensformen werfen auf einige der unfreiwilligen Teilnehmer ein merkwürdiges Licht. Aber war es denn bei SETI-Mitgliedern anders zu erwarten? Einiges davon ist sogar recht interessant aber nichts wirklich ernst zu nehmen.

Während dessen apportieren sämtliche Sender iterativ dieselben Meldungen: Nachdem sich in den letzten Tagen die Berichte darüber häuften, dass sich die führenden Politiker in der Welt auf einmal ungewohnt kooperativ und friedlich zeigten, hatte tatsächlich die Versammlung stattgefunden. Da sie von der NAU initiiert wurde, fand sie auch in Ottawa, der Hauptstadt der NAU, statt. Einstimmig entschieden alle 23 Länder für die Zusammenarbeit, um gemeinsam nach bewohnbaren Planeten zu suchen; waren doch fast alle Rohstoffe auf der Erde verbraucht und das Klima hier kaum noch zu beherrschen. Sandstürme, eine Stunde, nachdem über dasselbe Gebiet Blizzards wüteten; Überschwemmungen nach wenigen Minuten Regen; lokale Temperaturschwankungen von weit über 10 Grad in der Stunde; gigantische Felder innerhalb weniger Sekunden durch Beben dem Erdboden gleichgemacht, viel zu schnell, um reagieren zu können. Hinzu kommt die massive radioaktive Verseuchung durch zigtausende Atombombentests und jahrzehntelange Verwendung von Uranmunition in all den vielen Kriegsgebieten, die sich lange Zeit über den Großteil der gesamten Erdoberfläche erstreckten, insbesondere in der Zeit bis zu dem historischen Ereignis am 22.02.2022.
So wird im Jahre 2029 der 9. Juli zum weltweiten Feiertag.

Man beginnt endlich damit, global das Wissen zu teilen. Alle Patente auf Lebensmittel und deren Anbau werden aufgehoben. Die medizinische Versorgung dient nicht mehr ausschließlich der Pharmaindustrie. Und man arbeitet gemeinsam an der Möglichkeit, Massen von Menschen zu einem weit entfernten Planeten zu transportieren. Aber auch daran, das Klima wieder zu stabilisieren.

Die absurden Gerüchte einiger „Spinner", dass gewisse Kreise jetzt nur damit aufhören würden, das Klima absichtlich zu verschlimmern, werden unter den verbliebenen 2,5 Milliarden Menschen kein Gehör finden, geschweige denn die Euphorie trüben.

Die große Uhr in der Halle, in der der Test stattfindet, ist ziemlich verdreckt. Man kann trotzdem deutlich erkennen, dass es bereits 15:03 Uhr ist. Der Test hatte vor etwa einer Stunde, kurz, nachdem Bones zu der Versammlung nach Ottawa aufgebrochen war, unter äußerst strenger Beobachtung begonnen. Inzwischen sind fast alle Wissenschaftler bei der speziellen Aufgabe. Die schnellsten unter ihnen sitzen schon seit fast einer halben Stunde daran und scheinen zu verzweifeln. Nach und nach entschließen sie sich, erst einmal die letzten Fragen zu beantworten und dann dieser, ihr Wissen zu übersteigen scheinenden, Problematik auf den Grund zu gehen. Nach und nach kapitulieren sie. Waren sie doch so angestachelt von der Schwierigkeit, sehen sie ihr mangelndes Verständnis ein und geben auf. Zwei weitere Stunden später zerbrechen sich die letzten 17 von einst 313 Spezialisten den Kopf. Einige scheinen kurz vor der Lösung zu sein, als ein dünner, grauhaariger Wissenschaftler völlig unerwartet vor sich hin kichert. Immer lauter wird sein Jubel, bis er seine Lache in die Welt hinaus zu schreien scheint. Man schickt zwei Aufseher, um zu überprüfen, ob er nun durchgedreht sei. Erschrocken sieht er die Beiden an. „Ich hab`s!", stammelt er sichtlich verwirrt. Verspürte er eben noch so ein heftiges Glücksgefühl durch seinen Körper strömen, weil er es endlich verstand, so entsetzt ist er nun, nachdem die zwei Wachen ihn wieder aus dem Glückstaumel in die vermeintliche Realität geholt hatten. Er scheint geradezu schockiert zu sein und wendet sich mit einem beinahe zornigen Unterton an die beiden Aufseher. „Wozu braucht ihr das?" faucht er, während sich ihm Schritte aus der Ferne nähern. „Was, was wollt ihr damit machen?" – „Was für ein grandioses Timing!"

Anderson, der Wissenschaftler, der vor einigen Sekunden noch vor Freude kicherte, zuckt erschrocken zusammen. Dann dreht er sich zu der begeisterten Stimme herüber. Es ist Bones, der überraschend früh von der Versammlung in Ottawa zurückgekehrt ist.

„Und was ist es ihrer Meinung nach?", fragt er den Wissenschaftler herausfordernd. Nur wenige merken ihm die Anspannung an, die er geschickt zu verstecken versucht.

„Es ist eine Art, ähm, also ein elektromagnetisches Spannungsfeld, eine EMP-Waffe, die die gesamte Erde umgibt und nur auf einer ganz speziellen Frequenz, dort aber sehr effektiv Schaden anrichtet. Dabei überlagert es an einigen Stellen das elektromagnetische Feld der Erde, zapft die Ionosphäre an und leitet die Energie aus einigen Bereichen um, um diese zu bündeln. Das ist so ähnlich wie das Sonnenlicht mit einer Lupe zu bündeln, um damit Papier anzuzünden. Zugleich ist dieses Ding eine Art Ortungssystem. Aber ich habe absolut keine Ahnung, was das für Substanzen sein sollen, die man damit lokalisieren kann. Die Verbindungen könnte man innerhalb weniger Tage erstellen. Aber diese Zwischenstücke, diese seltsamen Dinger, diese merkwürdige Technologie. Es würde glücklicherweise Jahre dauern, das nachzubauen. Das würde zwar funktionieren aber Sie dürfen solche Forschungen nicht zulassen! Auf gar keinen Fall! Das ist extrem wichtig! Ich will es ihnen erklären: Die Ionosphäre reflektiert kurze Funkwellen. Daher ist sie bedeutend für den weltweiten Funkverkehr. Nicola Tesla behauptete schon 1912, dass man den gesamten Planeten spalten könne, wenn man die richtigen Frequenzen mit der Resonanz des Planeten in Verbindung brächte. Ich habe das in verschiedenen Simulationen und Berechnungen rekonstruiert und kann ihnen versichern, dass er sich nicht geirrt hat! 1920, nachdem Warburg das Vermächtnis von Tesla begrub, wendete sich Tesla mit einer neuen Erfindung an das amerikanische Militär. Er hatte eine Strahlenpistole, eine ZR, eine sogenannte Zweistrahlradarwaffe, entwickelt. Man lehnte vor Hohn grinsend ab, forschte aber insgeheim seit dieser Zeit an genau dieser Technik. Und in den letzten 127 Jahren ist diese Technologie sehr weit fortgeschritten! Man verwendet dabei die Ionosphäre als ein Übertragungsmedium und gleichzeitig als Verstärker. Das Signal wird durch die Ionosphäre um das hunderttausendfache verstärkt und kann über sehr weite Strecken übertragen werden. In Jakona, im ehemaligen Bundesstaat Alaska, wurde mit HAARP, also mit dem „High Frequency Active Auroral Research Program" der Grundstein für die neuere Technik gelegt, da dort die Ionosphäre näher an der Erde liegt. Sie brauchten damals noch diesen elektromagnetischen Sog, um ihre Geschosse in die Ionosphäre zu richten. Man bestrahlt die Ionosphäre so stark, mit so viel Energie, dass sich eine Wölbung in der aufgeheizten Schicht ergibt, die man wie einen Hohlspiegel verwenden kann, um mit einem anderen Strahl hinein zuschießen und einen sehr weit entfernten Gegner zu treffen.

Wir befinden uns in einem Meer von Energie, von Gasen und geladenen Teilchen, die sich ständig bewegen. Diese Teilchen kann man zwar anziehen, aber die Atmosphäre muss fließen wie ein Fluss und darf nicht angezapft werden. Sie ist wie eine schützende Eierschale. Da kann man nicht einfach dran herumspielen, was ja die Ozonlöcher schon allein bewiesen. Aber trotzdem wird im Auftrag verschiedenster Ministerien unterschiedlichster Länder genau dort herumgepfuscht. Schon seit den 40ern besteht ein Interesse an den Wetter- und Erdbebentechnologien, bereits seit den 50ern wurden Experimente durchgeführt und in den 60er Jahren war diese Technik bereits sehr fortgeschritten. Heute wird zwar auch noch in dieser Richtung geforscht, in erster Linie wird es aber aktiv verwendet, also gegen andere Staaten eingesetzt! Können sie sich noch an die tausende Vögel erinnern, die Silvester 2010 in Arkansas, Bebe und den angrenzenden Bundesstaaten in der Luft verbrannt wurden und tot zu Boden fielen? Das war wenige Stunden vor dem heftigen Erdbeben in Chile, das sogar die Erdachse minimal verschoben hat! Wenn sie auf einer Landkarte mit dem Lineal eine Gerade von der HAARP-Anlage zu dem Erdbebenzentrum in Chile ziehen, dann führt diese Linie genau durch das Gebiet, in dem die ganzen Vögel tot runter gefallen sind! An die lächerlichen Erklärungen der Medien zu diesem „mysteriösen

Vogelsterben" brauche ich sie wahrscheinlich nicht zu erinnern. Damit möchte ich Sie ausdrücklich darauf hinweisen, dass Sie sich nicht im Ansatz vorstellen können, was mit dieser Art von Technologie bisher angerichtet wurde und wird. Rufen sie sich, mit dem Gesagten im Hinterkopf, die Ereignisse in Fukushima ins Gedächtnis! Ich bitte Sie! Bitte ignorieren Sie nicht die zwingenden moralischen und ethischen Fragen und bedenken Sie die Gewalt- und Rüstungsspirale und andere wichtige Themen, Sie dürfen hieran nicht arbeiten! Auf gar keinen Fall! Wofür soll das überhaupt gut sein? Ich denke, die 23 Präsidenten hätten sich auf eine NWO, eine neue Weltordnung geeinigt. Gegen wen wollen sie das denn verwenden? Etwa doch gegen die Zivilbevölkerung?"

Bones und Mario sehen sich fragend an.

Plötzlich wendet sich eine Frauenstimme aus dem Hintergrund an Mario und erkundigt sich, ob er kurz zu sprechen sei. Die junge Dame blickt erwartungsvoll zu ihm und registriert, dass er vor Schreck beinahe sein Glas fallen lässt. Diese Stimme erkennt er sofort. Das ist zweifelsfrei die Frau, die ihn anrief und ihm die Mail zukommen lies. Die Frau, die wusste, dass Hank das morgendliche Treffen absagen würde. Die Frau, die laut Anderson dafür verantwortlich ist, dass sich Marios Abteilung scheinbar mit einer neuen Generation von Massenvernichtungswaffen beschäftigt. Das ist sie also?

Mario kann nicht glauben, dass er ihr nun plötzlich gegenübersteht. Zudem vermisst er jegliche Form der Skepsis, obwohl er eigentlich ernsthaft verärgert sein müsste. Doch er ist voller positiver Erwartungen. Er kann beinahe das Dopamin-Feuerwerk schmecken und seine Emotionen scheinen seinen Brustkorb auseinander zu drücken, ja den Körper beinahe schweben zu lassen. Und dann ist sie auch noch so atemberaubend schön! Wie hypnotisiert folgt er ihr ins Nebenzimmer, als würde er nun gen Himmel aufsteigen.

Bones bedankt sich derweil bei Anderson für dessen offene Worte und versichert ihm, die Hinweise sehr ernst zu nehmen und zu prüfen. Mehr noch, er lädt ihn sogar als dauerhaften wissenschaftlichen Berater des Teams ein, um irgendwelche Eventualitäten im Auge zu behalten. Anderson will eigentlich mit derartigen Forschungen nichts zu tun haben. Aber er befürchtet, dass er geradezu verpflichtet ist, dieses Angebot anzunehmen. Immerhin ist er einer der wenigen verbliebenen Wissenschaftler, die noch auf Gewissen, Anstand und Moral Wert legen. Wer weiß, wer sonst an seine Stelle treten würde.

Während Anderson überlegt, bespricht Bones gemeinsam mit Max, Peter, John, Mike und kurz darauf schließlich auch mit dem Forscher Anderson, wen und was sie brauchen, um dieses gigantische Konstrukt zu realisieren. Dabei sind sich alle einig, die kolossalen, fliegenden Mega-Computer mit speziell eingestellten Photonenkanonen erst einmal außer Acht zu lassen, um zunächst das zu erledigen, was auch wirklich machbar erscheint. Akasha soll der Name der Datenübermittlungsart sein, die hier entwickelt wird. Frank, Jones und Gustav werden sich in den nächsten Tagen ausschließlich mit der Analyse dieser unbekannten, zu lokalisierenden Substanz beschäftigen.

Konsterniert steht Mario der bis eben noch Unbekannten in einem Nebenzimmer des Testgeländes gegenüber. Er hat das Gefühl, ihre Anwesenheit würde den gesamten Raum mit einer magischen Aura erfüllen, die auch ihn bereits fest in ihren Bann gezogen hat. Mario fühlt sich plötzlich in die Zeit als Teenager zurückversetzt. Seine Augen sind weit geöffnet, sein Erstaunen nicht zu übersehen. Eigentlich hatte er eher mit einer älteren Dame gerechnet. Doch nun steht dort diese junge, schlanke Frau vor ihm, deren mandelbraune Augen beinahe hypnotische Wirkung auf ihn haben. Dabei hatte er, seit er Jasmin das erste Mal gesehen hat, nur Augen für sie. Andere Frauen interessierten ihn all die Jahre nicht ansatzweise. Bei dieser Mrs. Key ist es irgendwie anders und Mario bemerkt es nicht einmal. Als seine Blicke von ihrem bezaubernden Gesicht zu dem atemberaubenden Körper wandern, ahnt Mario nicht zu Unrecht, dass die vor ihm Stehende dies bemerken könnte. Er fühlt sich ertappt und ringt entsprechend hastig nach Worten. „Sie sind also diese Ms. Key?" Mit einem überaus sympathischen Lächeln bestätigt sie nickend Marios Annahme. „Schön, dich endlich persönlich kennen zu lernen. Nenne mich Monique!" Sie lächelt ihm kurz zu, bevor ihr Blick todernst wird und sie mit einem bedrückt klingenden Tonfall umschwenkt. „Wir haben einiges zu besprechen, mach dich auf was gefasst! Ich halte es zu für gefährlich, das alles hier mit dir zu besprechen. Wir werden jetzt zu dir fahren. Keine Sorge, Bones wird dich gehen lassen, frag ihn einfach!" Ohne Widerworte und nahezu ferngesteuert geht Mario zurück in den großen Saal, direkt zu Bones, während Monique irgendetwas in ein kleines silbernes Schächtelchen eintippt, das an eine Art Pager erinnert. Bones, der sich mit dem alten Wissenschaftler unterhielt, wundert sich zwar, dass Mario unbedingt jetzt wegmuss, mahnt ihn aber lediglich zur Eile und lässt ihn gewähren. Mario will sich grade Monique zuwenden, als Anderson schockiert aufschreckt. Er starrt Mario mit weit aufgerissenen Augen an, zeigt mit ausgestrecktem, zitterndem Arm auf ihn und ringt sichtlich bemüht um Fassung. „Sie sind der Typ mit der Alufolie an der Hand! Sie haben mir damals das Leben gerettet! Können sie, sie können sich bestimmt daran erinnern! Sicher können sie das. Wie zum, was um alles? Das kann doch kein Zufall sein! Wir müssen reden!"

Als wäre Bones nicht irritiert genug, kann Mario sich tatsächlich an den Mann erinnern. Allein sein Blick bestätigt das völlig absurd klingende Gesagte. Mario drängt aber erstaunlicherweise auf eine spätere Zusammenkunft und verlässt das Gebäude, Monique folgt ihm.

Als sie das Auto erreichen, scheint sie die Lädierungen gar nicht zu registrieren.

Das Motorengeflüster ist das Einzige, was in Marios Wagen zu hören ist, beide Insassen geben kein einziges Wort von sich. Eine elektrisierende Atmosphäre schwebt in dem luxuriösen Wagen, der mit atemberaubendem Tempo über die Straßen peitscht. Diese sind wie immer so gut wie leer, da sich kaum noch einer einen PKW leisten kann. Zudem setzen sich die fliegenden UBER-Taxen immer mehr durch.

Zu Hause angekommen fährt Mario auf den Rasen seines Grundstücks und drückt eine Taste des Radios, das die ganze Fahrt über ausgeschaltet war. Sofort erhebt sich ein längliches Stück Wiese kurz vor seinem Auto. Ein unterirdischer Fahrstuhl steigt aus dem Erdreich empor, den man niemals gesehen hätte, selbst wenn man von ihm wüsste. Mario fährt in den Aufzug hinein und mit diesem nach unten. Dann steigt er mit Monique aus dem Wagen und läuft mit ihr durch den kurzen, hell erleuchteten Tunnel, der die unterirdische Garage mit seinem Haus verbindet. Mario war in seinem ganzen Leben noch nie so gespannt. Er muss unweigerlich an Henry denken und verdrängt die kurz in ihm aufsteigenden Bedenken, die Unbekannte hinter sich herlaufen zu lassen; ist sie doch so eng bekleidet, dass man jede Waffe sofort hätte sehen können. Die Vorstellung, dass von ihr Gefahr ausgehen könnte, ist ziemlich absurd und wird ab sofort von Mario ignoriert. Er will unbedingt wissen, worum es hier geht! Da bleibt keine Zeit, um über solchen Schwachsinn nachzudenken.

Im Wohnzimmer angekommen, scheint die Fremde nicht besonders beeindruckt von der prunkvollen Einrichtung des glamourösen Saals. Riesige Fenster laden das Licht ein, sich im Raum zu sammeln und den weißen Marmor zum Glänzen zu bringen. Eine riesige Leinwand ragt zwischen zwei gigantischen altgriechischen Skulpturen bis an die acht Meter hohe Decke. Vor der kolossalen Treppe, die nach oben führt, steht ein großer, weißer Konzertflügel. Alles hier ist weiß und mit einer dezenten Goldverzierung akzentuiert. Jeder andere würde aus dem Staunen nicht mehr herauskommen. Aber sie scheint das nicht zu interessieren. Marios Interesse hingegen ist unverkennbar. Er bittet sie, Platz zu nehmen und signalisiert mit erwartungsvollem Blick, bereit zu sein, um zu erfahren, was so unvorstellbar sein soll.

Akt II

Kapitel I - neue Dimensionen, Absatz 1

Monique hat ihre Beine elegant übereinandergeschlagen und sieht Mario geradewegs in die Augen. Gleich zu Beginn kündigt sie an, dass sie ihm etwas Gigantisches, Unvorstellbares anvertrauen würde, was er aber niemandem erzählen dürfe. Dabei wählt sie mit Bedacht die passenden Worte und beteuert, wie sehr es ihr leidtäte, ihm diese Last aufzuerlegen. Sie wisse, wie schwer es für ihn sein müsse, dies überhaupt zu verarbeiten. Es aber zudem vorerst mit niemandem teilen zu können, würde eine enorme Herausforderung. Aber sie hätte keine Wahl.

„Wir müssen unseren Plan schneller voranbringen als erwartet", waren ihre Worte, „Es hat sich etwas geändert. Du hast nun schon einige Informationen von mir erhalten, die doch sehr exklusiv waren. Informationen, die man nicht in der Zeitung findet oder bei einem Spaziergang im Park aufschnappt, sondern solche, die man nur durch gewisse Verbindungen erhalten kann.

Ich selbst bin Teil einer geheimen Liga, die bemerkenswerten Einfluss auf die gesamte Erde hat. Aber das ist längst nicht alles. Diese Autorität ist nicht nur auf diesen Planeten begrenzt!"

Marios Herz schlägt so fest, dass man beinahe das Pochen der Halsschlagader sehen kann. Man sieht ihm die Anspannung zwar kaum an, doch in ihm rumort es wie in einem aktiven Vulkanfeld. Er konnte sich zwar nicht vorstellen, dass es nur eine intelligente Gattung im gesamten

Universum geben sollte, doch irgendwie scheut er sich nun beinahe emotional vor der sich anbahnenden Erkenntnis. Wahrscheinlich weil die sich daraus ergebenden Schlussfolgerungen recht unheimlich sein könnten. Monique scheint dies zu ahnen und führt ihn wohl bedacht an das Thema heran.

„Die Milchstraße und euer Sonnensystem im speziellen, beide sind in allen Belangen völlig mittelmäßig. Sie sind dadurch repräsentativ und hervorragende Beispiele für statistische Überlegungen: So wie die Planeten dieses Sonnensystems die Sonne umkreisen, umrunden hunderte Millionen Sonnensysteme das schwarze Loch im Zentrum der Milchstraße. Und weitere einhundertmilliarden Galaxien umkreisen den räumlichen Mittelpunkt des Universums.

Wenn man nun der Einfachheit halber bei der Betrachtung der Milchstraße alle Mehrfachsternsysteme, also gleich Dreiviertel aller Sternsysteme, ignoriert, so verbleiben immer noch 40 Millionen Sternsysteme, von denen jedes fünfte einen Planeten innerhalb der habitablen Zone beheimatet. Das macht also 8 Millionen bewohnbare Planeten innerhalb der Milchstraße mal einhundertmilliarden Galaxien, also insgesamt ungefähr 800 Billiarden Planeten in einer habitablen Zone. Das ist eine Acht mit 17 Nullen. 17 Nullen! Erinnert irgendwie an die Ronny-Familie. Gut, nicht der richtige Moment für einen Witz, naja. Worauf ich hinaus wollte, ist Folgendes: Die Erde ist nicht das Zentrum des Sonnensystems, nicht der Kern des Universums und auch nicht der Mittelpunkt der Galaxie. Und sie beheimatet nicht die Krone der Schöpfung. Die Menschheit ist eine kleine, junge Gemeinschaft, die sich häufig auf Abwege führen lies und einige wesentliche Schritte hin zu einer zivilisierten Gesellschaft noch gehen muss. Erst wenn das geschehen ist, erlauben es die intergalaktischen Gesetze, dass andere Gattungen sich euch offenbaren. Zurück zum Thema. Der aktuelle Zyklus läuft seit etwa 14,83 Milliarden Jahren. Eure Sonne gibt es erst seit etwa 4,6 Milliarden Jahren. Da haben also einige unter den 800 Billiarden Kandidaten einen ordentlichen Vorsprung. Du kannst dir doch nicht ernsthaft vorstellen, dass die Erde der einzige bewohnte Planet ist?" - „Eigentlich nicht."

Mario spricht leise, langsam und emotionslos. Er scheint nun in einer anderen Welt zu sein und alle Empfindungen abgelegt zu haben. Bereit, alle noch so unvorstellbaren Informationen in sich aufzusaugen und sich ein neues Bild zu machen, seinen für ihn jetzt so klein wirkenden Horizont zu erweitern und seine Sichtweise komplett neu zu definieren.

„Es gibt sogar recht viele Arten. Ich gehöre zur Gattung der Xanterook, die auch häufig als stellare Allianz bezeichnet wird. Wir sind eine weit entwickelte und mit 227 bewohnten Planeten auch eine der größten Spezies des Universums. Wir sind friedlich, keine Sorge, ihr habt absolut nichts von uns zu befürchten. Wir interessieren uns nicht für territoriale Ausbreitung, rauben keine Rohstoffe und lehnen Versklavung strikt ab, selbst bei Tieren.

Uns geht es ausschließlich darum, andere Kulturen zu fördern, Bündnisse zu schließen und Wissen auszutauschen. Wir streben nur nach noch mehr Wissen und nach einem höheren Bewusstsein. Unser größtes Ziel ist es, den Ursprung oder den Anfang allen Seins zu ergründen; zu wissen, wie alles begann. Nun, wir greifen schon lange in eure Entwicklung ein, um euch voranzubringen. Vor mehreren Tausend Jahren haben wir die ersten von uns auf eurem Planeten abgesetzt. Sie sollten sich unauffällig verhalten und nur durch indirekte Handlungen in das Weltgeschehen eingreifen. Mit der Zeit wurden sie immer einflussreicher, um sie herum bildeten sich Hochkulturen wie die Inkas, Majas, Atlanter, Azteken oder die Ägypter. Sie schufen beispielsweise in Stonehendge einen perfekten Kalender, lange bevor die Menschheit den Kalender selbst entdeckte. In Ägypten befeuchteten sie den Wüstensand, um mit inneren Rampen die gigantischen Pyramiden zu bauen, wohlgemerkt etwa 11 500 vor Christus. Sie erschufen Göbeklitepe und lehrten euch Menschen bereits 5000 Jahre vor eurer Zeitrechnung verschiedene Techniken zur Keramikherstellung und Kupferverhüttung. Wobei Letzteres, es hat euch zwar auch weit vorangebracht - noch immer ist Mesopotamien in aller Munde - aber es war noch zu früh für diesen Schritt. Dies war der einzige Fehler, den wir auf eurem Planeten gemacht haben. Wir haben euch Menschen überschätzt! Wo sich heute im ehemaligen Irak und Iran fast nur Wüste erstreckt, waren früher gigantische Regenwälder. Doch ihr Menschen habt sie alle abgeholzt, um mehr Brennholz für die Kupfergewinnung zu erhalten. Jene, die vor den Folgen gewarnt haben, wurden als Feinde bezeichnet und ihre Weitsicht als Schwarzseherei angesehen." - „Und ihr durftet sie wegen dieser Weltraumverordnungen nicht beschützen, hmm? Also seid ihr maßgeblich für unsere Entwicklung verantwortlich? Ihr seht genauso aus wie wir und mischt euch unter uns?" Monique will gerade antworten, kommt aber nicht zu Wort. „Wenn ihr nicht gewesen wärt, würden wir dann noch in Höhlen leben?" Monique scheint kurz zu grinsen, bevor sie das Gespräch mit einer sanften und aufrichtigen Stimme wieder aufnimmt. „Sicher wärt ihr auch darauf gekommen, das Rad zu erfinden, aber wann? Es lässt sich schwer sagen, wo genau ihr nun wärt oder wie ihr euch entwickelt hättet. Auf jeden Fall wissen wir, dass ihr es Wert seid, euch zu beschützen. Nun. Wir ähneln euch zwar ein wenig, aber wir sehen nicht so aus wie ihr. Wir sind, wie einige andere Gattungen ebenfalls, Formwandler. Diese Fähigkeit werdet ihr wahrscheinlich auch in wenigen Evolutionsstufen entwickeln. Und als Gestaltenwandler war es für unsere Agenten nicht sonderlich schwer, sich unter euch zu mischen und bedeutendes zu eurem Fortschritt beizutragen. Ihr habt kaum etwas bemerkt. Ich gebe zu, Da Vinci und Archimedes waren etwas auffällig, aber selbst da scheint kein Mensch Verdacht geschöpft zu haben. Zudem gibt es einen anderen sehr effizienten Weg, um euch Menschen zu beeinflussen. Wir sind nämlich auch Suggestoren. Wir können nicht nur, wie Telepaten, alle Gedanken und Empfindungen empfangen, sondern diese auch ebenso selber suggerieren. Wirksamer, als einem Menschen etwas zu erklären, ist ihn glauben zu lassen, das zu Erklärende sei seine eigene Idee gewesen. Manchmal bemerken es die Menschen auch, wenn wir in ihre Köpfe fühlen. Meistens gehen sie dann von göttlicher Eingabe aus. Und wenn sie beten, dann hören wir natürlich diese Gebete, sofern wir in den benachbarten Sonnensystemen sind. Aber ich schweife schon wieder ab, zurück zum Wesentlichen: Dieses Abkommen, das da zwischen euren Nationen beschlossen und weiter ausgebaut werden soll, ist sehr wichtig, um euren Planeten zu beschützen! Wie du sicher schon ahnst, gibt es nicht nur friedliche Rassen. Eine der gefürchtetsten Spezies sind die

Dorn. Sie gehen fast immer gleich vor: Sie senden sieben Kleriker vor, die den Planeten auskundschaften und das Gleichgewicht und die Verteidigungsfähigkeit stören. Auch sie sind Formwandler und sie sabotieren, verüben Anschläge und provozieren innerplanetare Kriege, damit die Bevölkerung der anzugreifenden Planeten zersplittert wird und sich nicht gemeinsam als großes Ganzes zur Wehr setzen kann. Wenn sich die Dorn sicher sind, dass die Planetenverteidigung zu schwach oder unvorbereitet ist, um sich zu verteidigen, dann senden sie ihre Swarms. Mario, die Swarms sind schon auf dem Weg hierher!" - „Wir stehen also kurz vor einer Invasion?" - „Nein!" entgegnet ihm Monique, dieses Mal ohne ihre Sorge zu verbergen. „Die Quiandar töten die Bevölkerung fremder Planeten, um diese dann selber zu bewohnen, aber nicht die Dorn! Diese Swarms sind Millionen kleiner, solarangetriebener Sonden. Ihr frei bewegliches Hinterteil ist, egal in welcher Position sie sich befinden, immer auf einen vorher programmierten Heimatplaneten oder auf einen verbindenden Reflektorspiegel gerichtet. Sie fallen über einen Planeten her und teleportieren über einen Lichtstrahl, der aus ihrer Rückseite kommt, alle Rohstoffe in gigantische Depots auf einem eigenen Planeten. Rohstoffe sind aber für sie nicht nur Erze, Öl, Kohle, Mineralien und Metalle, sondern auch organische Substanzen; von Pflanzen und Tieren, also auch von den Menschen! Wenn wir nicht reagieren, dann wird die Erde nur noch ein nicht nutzbarer Steinklumpen sein, der für immer tot sein wird! Die Swarms sind zu klein und viel zu schnell, um sie einzeln anzugreifen. Deshalb müssen wir sechs unserer Mutterschiffe zu eurem Planeten springen lassen und, wie es dieser alte Wissenschaftler richtig gesagt hat, ein Kraftfeld aufbauen, das den gesamten Planeten umspannt und auf einen einzigen Impuls hin alle Swarms auf einmal lahmlegt. Sie fallen dann einfach vom Himmel und stellen nicht nur keine Gefahr mehr dar, sondern ihr könnt sie darüber hinaus einsammeln und untersuchen. Eure Wissenschaftler werden nicht mehr aus dem Staunen kommen. Sie werden bisher unbekannte Metalle und spezielle Legierungen vorfinden, von denen sie erst verblüfft und dann auf ungeahnte Ideen gebracht werden. Dieses bisher für Menschen unbekannte Material, aus dem die erst 2002 in China entdeckten Röhren von Baigong zu acht Prozent bestehen, werdet ihr auch in den Swarms wiederfinden, falls sie fallen. Diese Verknüpfung eurer Anlagen mit unseren Mutterschiffen lässt sich recht schnell realisieren und ich traue diesem Anderson locker zu, die wissenschaftliche Leitung zu übernehmen. Der Test, den ihr heute genau zu diesem Zweck durchführen lassen habt, war ein großer Erfolg für uns. Aber wir haben ein ganz anderes Problem! Du musst…"

Mario ist sichtlich begeistert. Das wäre ja so nicht schon genug gewesen. Da muss natürlich noch was ganz Tolles kommen. Und wer weiß, wie lang dieser Part jetzt wird? Doch bevor Mario von der nächsten Herausforderung erfährt, wird das Gespräch abrupt durch sein klingendes Handy unterbrochen. Das vertraute Anrufsignal holt ihn wieder in die vermeintliche Realität zurück, sofort macht sich Hektik in ihm breit. Auch wenn die Wissensgier nach dem vollen Ausmaß der Bedrohung die Furcht vor der Erkenntnis einfach niederreißt und mit ihr alles ausblenden will, so ahnt Mario doch, dass er lieber an das Telefon ran gehen sollte. Er erwartet nichts Gutes, als er die Nummer von Bones im Display sieht.

Rückblick 1 (Umweg) **schwarzweiß**

Mario hatte die Donuts gerade neben sich auf den Beifahrersitz gelegt. Es war kurz nach um acht, also keine Stunde, bevor er in Bones´ Büro sein sollte, um den Barkleybericht zu präsentieren. Gerade hatte er beschlossen, auf dem Weg zur Arbeit noch einen Umweg in die städtische Psychiatrie zu nehmen. Er fuhr nun schon seit mehr als einem Jahrzehnt jede Woche hier her, um seinen Bruder Hank zu besuchen, was jedes Mal wieder eine enorme Herausforderung für Mario darstellte. Er liebt seinen Bruder und würde ihn gern öfter besuchen. Doch es zerreißt ihm jedes Mal wieder das Herz, wenn er die Anlage verlässt und ihn dort allein wieder zurücklassen muss.

Außerdem sind die Dialoge mit seinem Bruder in den letzten Jahren häufig sehr anstrengend und aufwühlend. Mario muss besonders im Alltag oft an seinen Bruder denken und erinnert sich oft an frühere, glückliche Zeiten, gerade aus dem Kindesalter. Damals hätten sie nie geahnt, dass irgendetwas sie je hätte trennen können. Und doch waren sie nun entzweit und wieder gab es scheinbar nichts, was dies ändern könnte.

Marios großer Bruder Hank wurde damals vorsorglich eingewiesen, nachdem seine Theorien immer absurder wurden. Wann genau er anfing, sich mit Verschwörungstheorien zu beschäftigen, kann Mario nicht mehr sagen. Er weiß nur, dass es schon lange her ist. Anfangs war Mario, der sich selbst als aufgeklärt und durchaus systemkritisch wahrnimmt, bemüht, Hanks Gedankengänge nachzuvollziehen. Und in der Tat war eine gewisse

Logik nicht in Abrede zu stellen. Die inhaltlichen Fakten, die Hank dabei ansprach, waren durchaus ernst zu nehmen. Aber die doch sehr weit hergeholten Interpretationen eines Gesamtbildes wurden immer haltloser und absurder.

Natürlich stimmt es, dass sich einige wenige auf Kosten vieler bereichern und ja, klar, die Berichterstattung ist sicherlich auch an gewisse Interessen geknüpft. Aber in dem Ausmaß, wie Hank es skizzierte, konnte dies nicht stimmen, konnte dies nur Ausdruck irgendeines Wahns sein. Und dieser Wahn wurde immer schlimmer.

Mario hatte sich besonders in der Anfangszeit bemüht, seinem Bruder wieder auf den rechten Weg zu helfen. Er hat bis zum Ende alles versucht. Aber in der letzten Phase war es einfach nicht mehr auszuhalten.

Nachdem aus purem Zufall in genau jenen Ländern Revolutionen und Kriege ausbrachen, die Hank zuvor in seinen Behauptungen benannt hatte, wollte er unbedingt jedem seine Meinung und die absurden Theorien mitteilen. Dann zog er sich zurück. Mario hörte eine ganze Weile gar nichts von ihm, bis Hank unerwartet anrief und um dieses Treffen in jener Kneipe bat. Das Wiedersehen wurde schon nach kurzer Zeit gestört. Wie hätte Mario damals anders handeln können? Immerhin waren es Bundesbeamte, die seinen Bruder mitgenommen haben. Er hat lange mit ihnen geredet, alle Tricks versucht, rhetorisch alles rausgeholt. Aber seit den PATRIOT-ACTs ist eine Verteidigung ohnehin unmöglich. Diese FBI-Agenten haben aber trotzdem, aus Courage Mario gegenüber, sachlich argumentiert. Mario musste sich leider eingestehen, dass zu viele von Hanks Verleumdungen sehr schwerwiegend waren. Zuletzt warnte er so impulsiv vor einem angeblich bewusst herbeigeführten Weltkrieg und ähnlichen grotesken Wahnvorstellungen, dass es wohl das Beste wäre, wenn man sich professionell um ihn kümmern würde. Zumal er überdies seit Jahren behauptet, von dem 2001 verstorbenen Vater besucht worden zu sein. Und als wäre das nicht genug, deutete Hank auch noch an, dass irgendwelche Aliens seit geraumer Zeit ihr Unwesen auf der Erde treiben würden.

Mario hatte bis heute die Hoffnung nicht ganz aufgegeben, doch so richtig glaubte er nicht mehr daran, dass sein Bruder wieder normal würde.

Immerhin, abgesehen von all diesen irren Themen wirkte Hank auf Mario immer normal und geistig total fit.

Hank freute sich jedes Mal riesig über den Besuch von Mario. Auch er liebte seinen Bruder sehr und hatte Verständnis dafür, dass Mario ihm damals einfach nicht helfen konnte. Dass er ihm aber nicht geglaubt hat, nicht mehr uneingeschränkt an ihn glaubte, das konnte Hank nie ganz verdrängen.

Die Schwester am Eingang der Klinik erkannte Mario schon von weitem und kam bereits auf ihn zu. Sie begrüßte ihn mit einem freundlichen aber bedrückt klingenden Unterton und reichte ihm die Hand.

„Du hast schon davon gehört?" - „Nein, wieso, wovon? Was ist denn los?"
- „Wir mussten ihm leider heute Morgen wieder Medikamente geben. Du weißt ja, dass wir mit ihm große Fortschritte gemacht
 haben und ihn schon beinahe hätten entlassen können. Gestern Abend hat er aber leider wieder einen Rückfall erlitten. Er meinte, euer Vater wäre

wieder hier gewesen und dass irgendwie alle in Gefahr wären." - „Kann ich zu ihm?" - „Nein, tut mir Leid aber dazu ist er momentan nicht in der Lage. Das war der heftigste Rückfall den er je hatte und seine Angstzustände hatten ein Ausmaß, das selbst ich nach so langer Erfahrung noch nie beobachtet habe. Komm doch bitte in drei Tagen wieder, tut mir wirklich leid!", wollte sie Mario verabschieden. „Aber ich muss unbedingt mit ihm sprechen! Wenigstens fünf Minuten, ganz kurz !"
Die Schwester sah ihn traurig an und antwortete mit einer ernsthaft bedrückten Stimme. „Das kann ich nur zu gut verstehen aber Mario. Du hast das gestern nicht erlebt. Du kannst Dir nicht vorstellen, in was für einem Zustand er war. Ich mache mir wirklich Sorgen! Bitte gib ihm und uns ein wenig Zeit. Komm doch bitte in zwei Tagen wieder, dann geht es ihm sicher schon wieder besser. Es tut mir leid aber heute geht es wirklich absolut nicht."

Kapitel I - neue Dimensionen, Absatz 2

„Ja, Loreydo hier?" - „Mario, Gott sei Dank!" Bones ist hörbar erleichtert. So kennt man ihn gar nicht. „Du musst unbedingt sofort wieder zurück in das Testgelände kommen! Nimm auf jeden Fall ein Extramagazin mit! Mike und John sind tot! Und der Rechner, den sie bewachen sollten, ist weg. Komm sofort hier her und pass auf dich auf!" Schockiert schaut Mario zu Monique rüber, unfähig irgendetwas zu sagen. „Das waren die

Kleriker!", meint Monique, ohne ihren Ärger zu verbergen. Sie springt von der Couch und drängt Mario zur Eile, der gestresst nach seinem zweiten Magazin sucht und den Tot der beiden Kollegen und Freunde noch gar nicht realisieren kann. Er findet das Magazin dort, wo es eigentlich immer liegt, im Nachttisch. Erleichtert, dass die Suche nicht noch mehr Zeit in Anspruch nimmt, stürzt er in Richtung Auto, dicht gefolgt von Monique. Noch bevor sich die Flügeltüren komplett geöffnet haben, sind die beiden in den Wagen gesprungen. Mario greift hastig unter den Sitz und zieht eine fast schon klassische 44er hervor und reicht sie Monique, ohne ein Wort zu sagen. In dem Moment, als sie zugreift, fragt er sich kurz, ob das Vertrauen in dieser Situation gerechtfertigt ist und muss wieder an Henry denken, verwirft aber gleich diesen Gedanken.

Die Garage erhebt sich. Mario will gerade auf die Straße preschen, als er das erschrocken klingende „Halt!" vom Beifahrersitz wahrnimmt. Er zuckt kurz zusammen und sieht sich erst verwirrt um, bevor er zu ihr rüber schaut. „Es ist an der Zeit, dir das hier zu geben" sagt sie bestimmt, während sie in der kleinen Tasche ihrer engen Hose wühlt. Sie zieht eine kleine Metallschachtel hervor und reicht sie Mario. Dieser guckt irritiert und kann sich nicht vorstellen, was darin sein soll. Warum muss das ausgerechnet jetzt sein? Was kann so wichtig sein, dass sie es ihm nicht während der Fahrt geben kann? Die Antworten darauf soll er umgehend erfahren: „Das sind spezielle Kontaktlinsen. Die ersten Male wird es etwas brennen aber da wirst du dich schnell dran gewöhnen." - „Wofür brauche ich die?" - „Wie du weißt, sind auch die Dorn Formwandler." Sie macht eine kurze Pause und denkt, er würde selbst darauf kommen. „Du brauchst sie, um Kleriker von Menschen zu unterscheiden. Du siehst zwar weiterhin die eingenommene menschliche Gestalt, allerdings in einem schimmernden roten Licht, ähnlich wie du mich gleich blau schimmern sehen wirst. Es ist, als würdest du einen Laser auf einen Formwandler richten - mit dem Unterschied, dass nur du selber das reflektierte Licht siehst."

Ohne darüber nachzudenken, versucht Mario, eine Linse ins linke Auge zu bekommen. Aber außer eines brennenden und tränenden Auges erreicht er nichts. „Du musst die Linse auf deinen rechten Zeigefinger legen", hilft ihm Monique. „Mit dem linken Zeige- und Mittelfinger ziehst du dann das obere Lied nach oben. Bevor du die Linse einsetzt, ziehst du mit dem rechten Mittelfinger das untere Augenlied runter und drückst dann die Linse behutsam rein. Du wirst sicher einige Versuche brauchen." Es gelingt ihm nach dieser Anleitung allerdings beim ersten Mal. Auch ins andere Auge ist sie im Nu eingesetzt. Man sieht ihm an, dass er mit dem Brennen in den Augen zu kämpfen hat. Doch, auch wenn er nur verschwommen sieht, er ist total beeindruckt von der blau schimmernden Aura, die Monique umgibt und nun endgültig engelsgleich erscheinen lässt. Ihre Gestalt hat so eine atemberaubende Wirkung auf ihn, dass es ihm glatt die Sprache verschlagen hat. Er hockt wie gelähmt auf seinem Sitz und ist total überwältigt von dem, was er vor sich sieht. Er starrt sie an wie ein Kleinkind, das gerade zum ersten Mal ein Katzenbaby erspäht hat, tief in der Seele berührt, sodass sein Herz vor Freude tanzen würde, wäre es nicht so sehr durch den Verlust der beiden Freunde geplagt. Nie in seinem Leben hat er etwas so wunderbar Schönes gesehen.

„Wir müssen los!", erinnert sie ihn. Es ist das erste Mal, dass sie eindeutig lächelt. Sie scheint sich geschmeichelt zu fühlen. „Ja klar, es ist nur…". Da er nicht die richtigen Worte findet, beendet er den Satz gar nicht erst und bringt das Auto in Bewegung. Nach einigen Minuten des Schweigens hat sich Mario abermals gesammelt und nimmt das vorige Thema wieder auf: „Als vorhin mein Handy klingelte, wolltest du mich grad auf ein weiteres Problem aufmerksam machen." - „Richtig. Es ging um die Kleriker. Sie sind nicht nur dafür hier, um den Einmarsch der Swarms vorzubereiten. Sie analysieren überdies permanent den aktuellen Status der Abwehr-fähigkeit ihrer nächsten Opfer und übermitteln diese Informationen automatisch an alle anderen Dorn. Die Kleriker sind wie alle Dorn mental miteinander verbunden. Wenn du einen im Kampf besiegst, dann wissen es im selben Moment auch alle anderen von ihnen. Und ich meine wirklich alle anderen, nicht nur die in einer entsprechenden Reichweite. Du musst unbedingt verhindern dass sie bemerken, bekämpft zu werden. Ich weiß, dass es dir von Grund auf absolut widerstrebt aber du musst sie töten, ohne dass sie vorher bemerken, überhaupt in Gefahr zu sein. Also von hinten erschießen oder vergiften oder im Schlaf erledigen, Hauptsache es geschieht völlig unerwartet. Außerdem musst du wissen, dass sie wesentlich stärker sind als ihr, deutlich schneller rennen und viel höher springen können aber da sie unter keinen Umständen auffallen wollen und du sie ja ohnehin ohne sie zu warnen töten wirst, macht das keinen Unterschied für dich. Du kannst dir halt nur keinen Fehler erlauben aber genau deshalb haben wir dich ja auch ausgewählt. Noch was: Wenn ein Formwandler stirbt, dauert es nur wenige Stunden bis Tage, bis der

Leichnam seine ursprüngliche Form wieder eingenommen hat. Deshalb musst du die Leichen alle verbrennen! Das ist auch der wahre Grund für die vielen Mumifizierungen. Nur deshalb wurden die ägyptischen Pharaonen mumifiziert. Es ging nicht darum, sie zu konservieren. Es sollte dadurch verhindert werden, dass wir nach dem Tod wieder unsere normale Gestalt annehmen und ein Mensch eine unserer Leichen findet. Darum mussten wir auch die Leiche von Jesus verschwinden lassen. Einen anderen Grund für die Balsamierungen gibt es nicht. Die Seele steigt sofort auf, wenn der Körper stirbt, und im Jenseits braucht man keinen Körper. Im Gegenteil, der würde einen nur einschränken. Nach einigen Wochen Leichenstarre ist es nahezu ausgeschlossen, dass noch nachträglich eine körperliche Veränderung eintritt. Wir mussten damals schon sehr vorsichtig sein und du kannst dir ja denken wie lange heute die Medien brauchen würden, um einen solchen Fund auf der ganzen Welt bekannt zu geben. Was dies für die anderen Kleriker für ein Impuls wäre, brauche ich dir sicher nicht zu erklären. Einfach verbrennen. Du wirst das schon schaffen, da bin ich mir sicher."

Sie beendet ihren Satz genau in der Sekunde, als Mario das Auto vor der Lagerhalle parkt, in der der Test stattfand und seine beiden Kameraden und Freunde getötet wurden. Mario schaut Monique direkt in die Augen und überlegt kurz, ob sie ihm nur Mut zusprechen will oder wirklich an ihn glaubt.

Dann steigt er ohne ein Wort zu sagen aus und geht zusammen mit ihr zum Haupttor des Geländes.

Ende 2001

Es war dunkel. Hank lief langsam die Straße entlang, den Blick gesenkt.
Er befand sich grade auf dem Heimweg und stand immer noch neben sich.
Vor wenigen Tagen war die Beerdigung seines Vaters und er kam mit dem
schmerzlichen Verlust einfach nicht klar. Wäre er beim Anblick seines
weinenden Bruders am Grab fast zusammen gebrochen, war sein Zustand
jetzt nur scheinbar wieder stabil. Eine Art Schutzmechanismus schirmte
sämtliche Eindrücke und Geschehen von Hank ab, sodass er nicht mal das
ganze Wasser bemerkte, das ihm entgegen spritzte, als ein dunkles Auto
angerauscht kam und durch eine riesige Pfütze fuhr. Es schlich langsam
neben Hank her, etwa eineinhalb Meter entfernt. Hank schien es aber nicht
zu bemerken, bis sich die getönte Scheibe auf der Fahrerseite senkte, um
der Stimme des Insassen den Weg frei zu machen: „Hank mein Junge, ich
muss unbedingt mit dir reden!", vernahm Hank eine Stimme, die er nie
mehr zu hören glaubte. Doch das konnte nicht sein! Sein Blick schwenkte
langsam nach rechts zur Straße, um zu sehen, wie er sich so geirrt haben
konnte. Hatte er jetzt Halluzinationen? Tatsächlich! Hinter der Scheibe sah
Hank seinen kürzlich verstorbenen Vater sitzen. Als er dies realisierte,
befürchtete er, durchzudrehen.

„Steig ein, mach schnell Junge!", wurde Hank aufgefordert. Wie konnte das
sein? Er hatte doch alles von seinem Bruder erfahren. Wie konnte jemand,
der durch den Einsturz des WTC 7 ums Leben kam, jetzt in diesem Auto

sitzen und mit ihm sprechen? Bildete er sich das nur ein? Hatte sich da irgendein krankes Schwein als sein Vater maskiert oder saß dieser wirklich dort? Hank hatte nichts zu verlieren. Er knallte die Tür von innen zu und rückte ein Stück nach rechts, damit er in der Mitte der Sitzbank hocken und nach vorn in den Fahrerraum, durch den Fahrerspiegel direkt in die Augen seines Vaters schauen konnte. Er war es. Hanks Nervosität ließe sich mit bloßen Worten nicht im Ansatz beschreiben. Er freute sich zwar riesig, dass sein Vater irgendwie doch noch lebte, konnte es aber eigentlich nicht glauben. Hank starrte eine gefühlte Ewigkeit in den Spiegel, bevor er mit zittriger Stimme fragte, was passiert sei.

„Das ist jetzt nicht wichtig. Wir haben viel zu wenig Zeit. Du musst etwas wissen!" Sein Vater antwortete merkwürdig sachlich. Es wirkte zwar schon irgendwie warmherzig und nur zu dieser Knappheit gezwungen aber irgendwie viel zu abgeklärt für diese Situation. Hank konnte aber an nichts anderes denken und schmetterte seine Gedanken geradezu heraus. „Aber du warst tot, du warst tot! Du warst doch tot, oder nicht!?!" Tränen schossen ihm in die Augen. Manfred ging dann doch auf das Thema ein und setzte das Auto in Bewegung. „Hey beruhige dich, es geht mir gut! Ja ich war eigentlich tot. Ich wurde wieder reanimiert. Allerdings nicht mit Beatmungsbeutel und Defibrillator." Er machte eine kurze Pause und sah durch den Spiegel zu seinem Sohn, der gespannt den Blick erwiderte. „Ich hoffe dass ich mit der Annahme richtig liege, dass du mit dem umgehen kannst, was du jetzt und eventuell zukünftig von mir erfahren wirst. Es wird anfangs sehr merkwürdig für dich sein aber sei gewiss, es ist real und keine Einbildung! Ich wurde mit einer fremden Technologie, der sogenannten Evalmutra, reanimiert. Sie ist nicht menschlichen Ursprungs. Ich arbeite sozusagen berufsbedingt mit einer außerirdischen Gattung zusammen, die uns beschützt und schon sehr lange davor bewahrt, von einer anderen Spezies unterworfen zu werden. Ihre Technik ist der unseren weit voraus und ihre medizinischen Möglichkeiten grenzen an Wunder. Wären sie nicht gewesen, dann wäre ich jetzt auch…" - „Halt an!", schrie Hank außer sich, „Halt sofort an!" - „Was, warum denn?" - „Du sollst anhalten! Jetzt sofort! Anhalten!", brüllte Hank außer sich, schließlich konnte er sich dies hier nur einbilden. Er hatte Mühe, nicht völlig auszurasten und war sehr erleichtert, als das Auto tatsächlich hielt. Hank sprang ohne ein Wort zu sagen heraus, sah noch einmal zu der Person, die vorgab, sein Vater zu sein, und rannte davon.

Kapitel II – auf dem Testgelände

Zusammen mit Monique kommt Mario zu dem bedrohlichen Haupttor des Testgeländes. Die Sonne steht glutrot am Himmel. Trotz noch so strenger Sicherheitsbestimmungen braucht sich Mario nicht auszuweisen, immerhin kennen ihn hier alle. Sogar Monique, die er als seine Beraterin ausgibt, darf auf das Gelände. Während sie die Lagerhalle betreten, zieht Mario sein Handy hervor, um Bones anzurufen, schließlich will er nicht erst das ganze Gebäude ablaufen. Aber in dem Moment, als er die Wähltaste drücken will, hört er schon Bones nach ihnen rufen.
„Das ging ja schnell, kommt mit. Es ist gleich, ähm, äh, sag mal, Mario?

Warum ist denn diese Frau noch bei dir? Du hast sie auf das Gelände gelassen, bei der aktuellen Gefahrenstufe?" - „Ja, sie ist meine Beraterin, ich brauche sie. Ohne sie wären wir nie so weit gekommen!", verteidigt Mario ihre Anwesenheit. Bones mustert abwechselnd Monique und Mario und einige Sekunden verliert keiner von ihnen ein Wort, dann bricht Bones das Schweigen. „Oh Mann, du überrascht mich immer wieder! Eigentlich müsste ich sie überprüfen lassen aber irgendwas sagt mir, dass wir sie wirklich brauchen könnten und ihr Unannehmlichkeiten ersparen sollten. Wie dem auch sei, wir haben nicht viel Zeit. Es ist gleich hier vorne." Monique und Mario folgen Bones, der nun mit drei schwarz gekleideten und ziemlich ungemütlich aussehenden FEMA-Agenten durch den Gang läuft. „Die Sache scheint für uns zu groß, könnte sogar eine globale Heraus-forderung sein. Ich habe das Parlament informiert und um Unterstützung gebeten. Weil wir in den letzten Wochen viel erreicht und bewegt haben, helfen sie uns und lösen uns nicht ab. Wir sind an der Sache dran und ich bin weiterhin weisungsberechtigt, also nach wie vor das oberste Ende der Befehlskette." Der Blick von Bones verfinstert sich. Er dreht sich um und deutet mit dem linken Arm, ihm zu folgen. „Vorsicht, es ist kein schöner Anblick!", warnt er. Er bleibt in der Tür eines großen Raumes stehen, an dessen Ende die beiden Freunde von Mario liegen, inmitten einer großen Blutlache. Mario ist bestürzt, dazu dieser unerträgliche Gestank!

„Wir wissen nicht was passiert ist. Der Rechner, den sie bewachen sollten, stand vorne in der Nähe des Eingangsbereiches. Sie hatten Anweisung, sich keinen Meter zu entfernen. Wäre etwas Ungewöhnliches gewesen, dann hätte sich nur einer von ihnen in den hinteren Bereich begeben, unter Blickkontakt des Anderen. Wir wissen nicht warum beide dort hinten liegen. Es ist eigentlich nicht möglich, unbemerkt diese Halle zu betreten. Wie genau sie gestorben sind, wissen wir auch noch nicht. Wir wissen nur, dass sie mit einem stumpfen Gegenstand erschlagen wurden. Es sind aber keine Partikel festzustellen." Er wendet sich an Monique, um es ihr zu erklären. „Wenn man zum Beispiel jemanden mit einer Schaufel erschlägt, dann hat man immer ein paar Partikel Metall oder Rost oder Lack von der Schaufel in der Wunde, aber hier ist nicht ein einziges Atom festzustellen. Vielleicht wurde die Wunde mit Wasser ausgespült, denn die Blutlache ist mit einer hohen Menge Wasser verdünnt, aber mit Wasser allein könnte man normalerweise nicht alle Rückstände beseitigen.", analysiert Bones kopfschüttelnd und ratlos. Mario reißt erschrocken die Augen weit auf und es scheint ein Ruck durch seinen Körper zu gehen. Sein Kopf dreht sich langsam zu Monique, die nicht lange brauchte, um die Situation zu erkennen, und Mario ihre Gedanken sofort in den Kopf pflanzte. Sie ist tatsächlich ein Suggestor! Mario hat keine Zweifel an ihrer Meinung und wendet sich selbstbewusst an seinen Vorgesetzten. „Ich glaube ich weiß, was mit ihnen passiert ist. Meiner Meinung nach wurden sie mit einem Eisblock erschlagen. Sie kennen ja sicher diese neuen Gravitationspistolen. Irgendjemand muss in den Besitz einer GraPi gekommen sein und gewusst haben, dass die beiden hier drin den Rechner bewachen. Wenn über dem Abfluss ein Gravitationsfeld aufgebaut wird, dann strömt das Wasser vertikal nach oben. Dass die beiden bei diesem Anblick alle Regeln vergessen und sich gemeinsam diesem „Phänomen" genähert haben, ist fast nachvollziehbar. Das Zentrum des Kraftfeldes wurde etwas nach oben verlagert, sodass eine Wasserkugel über dem Boden schwebte, wie in dieser Werbung. Wenn man dann Druck und Dichte erhöht, erstarrt das Wasser natürlich zu einem großen Eisklotz, den man kinderleicht hin und her bewegen und auf die beiden niederschmettern konnte. Natürlich schmilzt dieser dann in kurzer Zeit, man kann ihn aber auch einfach mit der Grapi wieder verflüssigen, sodass man nie eine Tatwaffe finden wird. Genauso klar ist, dass keine Rückstände in der Wunde zurückbleiben. Und dass die Blutlache so stark mit Wasser verdünnt ist, ist damit auch erklärt. Bleibt uns also nur noch, schnellstmöglich heraus zu bekommen, wer alles in den Besitz einer GraPi gekommen ist." Während sich alle anderen verwundert ansehen, fragt der mit knapp zwei Metern Körpergröße immer noch kleinste der drei Agenten, ob Mario wirklich eine Beraterin bräuchte, bevor sein Blick angesichts der Situation wieder einfriert. „Das erscheint mir fast als realistisch", meint Bones sichtlich zweifelnd, ohne die Bemerkung des Agenten zu kommentieren. „Aber angeblich hat einer der Wachen am Tor gesehen, wie Mike gegen 18.00 das Gelände verlassen haben soll, obwohl er da schon längst tot war. Der angebliche Zeuge befindet sich vorerst in Sicherheits-gewahrsam. Die beiden Kollegen wurden erst wegen seiner Meldung angefunkt. Als sie nicht antworteten ist Jack hingegangen und hat sie dort entdeckt. Wir werden herausbekommen, ob oder was der Inhaftierte mit dem Tod der beiden zu tun hat. Eigentlich kann gar keiner wissen, dass sie hier den Rechner bewacht haben. Die Einzigen, die von dem Test wissen, sind unsere Leute und die Wissenschaftler, die sich am Test beteiligt haben. Aber die sind noch in unserer Obhut. Sie hätten, selbst wenn sie in die Sache verstrickt wären, gar keinen Kontakt nach draußen aufnehmen können, geschweige denn unbemerkt ihre Zimmer verlassen und hier her kommen können." - „Sie sagen", wendet sich Mario in einem auffallend ernsten Ton an seinen Chef, „alle, die an dem Test teilgenommen haben, sind noch in unserer Obhut?" - „Ja, warum?" Bones guckt abermals verdutzt. „Ich will mir nachher jeden Einzelnen von ihnen ansehen. Ich bitte sie, darüber niemanden zu informieren, was hier vorgefallen ist. Ich werde zwar vielleicht die ganze Nacht brauchen aber wenn einer der Teilnehmer mit der Sache zu tun hat, dann werde ich ihn erkennen." - „Darüber werden wir noch reden. Aber was auch immer du vorhast, du wirst es leider auf morgen verschieben müssen. Sie laufen ja nicht weg. Und wenn doch, dann wissen wir wenigstens wen wir suchen. Wir brauchen dich heute Abend beim Staatsbankett! Alle 23 Präsidenten werden anwesend sein. Wir feiern doch das Abkommen und wollen die Bande zu den anderen Ländern noch enger knüpfen. Zum einen sollst du undercover für Sicherheit sorgen, zum anderen ist es vielleicht eine gute Möglichkeit, um mehr über die Hintergründe dieses Desasters hier zu erfahren. Wenn du willst, kannst du deine Beraterin auch mitnehmen." - „Ich kann nicht!", erwidert Monique wie aus der Pistole geschossen, was Bones geradezu zu einem skeptischen Blick zwingt. „Ich muss noch etwas erledigen.", beendet sie deutlich ruhiger. „Ja dann, ähh. Na ja, nun gut", Bones räuspert sich abermals irritiert. Aus dem merkwürdigen Duo wird er einfach nicht schlau. Aber da er Mario vertraut, denkt er nicht weiter darüber nach und fährt fort. „Zieh deinen besten Anzug an! Es ist wahrlich ein besonderer Abend und ein echtes Erlebnis. Du willst doch zwischen diesen ganzen Hochkarätern nicht auffallen, oder? Du wirst mit Max und Peter gehen." Bones dreht sich zum Ausgang der Lagerhalle und deutet wieder mit dem linken Arm, ihm zu folgen, während er mit den Ausführungen des Abends fortfährt. „Verhaltet euch ruhig und unauffällig, als wärt ihr Privatgäste. Trinkt ruhig ein paar Gläschen. Wenn ihr beobachtet werdet und Alkohol trinkt, dann glaubt kaum einer, dass ihr im Dienst seid. Dass ihr es nicht übertreiben sollt, brauche ich ja nicht zu erwähnen. Die Gäste dort werden gefahren, also macht was aus dem Abend. Aber seht euch um und seid wachsam! Die Details gehen wir dann nachher nochmal in meinem Büro durch."

Bones beendet den Satz exakt, als er an dem großen Haupttor ankommt. Es ist wie der Rest des Zauns, der das gesamte Gelände umspannt, mit Stacheldraht versehen und auffällig hoch. Dieses Ungetüm ragt sicher über zehn Meter in die Höhe und die unteren drei Meter sind durch massive Querstreben besonders verstärkt. Überall stehen Wachen. Jeder Passant, der seine Umwelt noch wahrzunehmen im Stande ist, vermutet hier mehr als nur eine leere Lagerhalle.

„Ich werde mit zwei Swat-Teams drei Straßen weiter warten und das FBI hält auch Trupps abrufbereit. Wir sehen uns dann nachher zwanzig Uhr in meinem Büro!"

Nachdem alle das Haupttor passiert hatten, dreht sich Bones erneut zu Mario herüber. „Ach und Mario, sieh Dir mal mein neues Schmuckstück an! Ich habe Dir doch von dem Wagen erzählt, den ich in diesem Film gesehen habe und unbedingt auch haben wollte. Sieh dir das an!" Stolz zeigt Bones auf sein neues, total übertriebenes Fahrzeug: Es ist ein knallgelber, vollgepanzerten Hummer, der unnötigerweise links und rechts mit einer Gattling versehen ist und überdies auch noch mit einer auf dem Dach installierten und von innen aus voll schwenkbaren Flak rumprotzt.

Mario schüttelt müde grinsend mit dem Kopf. Er weiß nicht, was er dazu sagen soll. „Alle Achtung. Sicherheit geht vor. Na dann, wir sehen uns nachher in ihrem Büro, bis dahin."

Mario dreht sich um und geht mit Monique zu seinem Auto. Er bleibt kurz davor stehen, wirft einen Blick auf die Uhr und scheint zu überlegen. Das Klacken der Beifahrertür wahrgenommen, setzt auch er sich ins Auto. Er fährt in die Stadt und beginnt das Gespräch eher beiläufig mit der belanglosen Frage, ob Monique etwas essen wolle. Dass man diese Frage so erstaunlich beantworten könnte, hätte er nicht für möglich gehalten.

„Nein, ich brauche noch nichts, danke. Wir haben einen sehr guten Energiehaushalt. Und wir Essen auch nur, wenn es wirklich notwendig ist und nicht aus Vergnügen. Aber nicht, weil wir auf das Vergnügen verzichteten. Wir können Informationen sehr gut speichern. Auch den Geschmack von allem, was uns schmeckt, können wir uns explizit merken und auf Abruf genau reproduzieren. Wenn wir auf etwas Appetit haben, dann denken wir einfach daran und schon haben wir genau diesen Geschmack im Mund. Dadurch isst man nach einer Weile wirklich nur noch, um Energie aufzutanken." - „Was? Das ist ja fett, wow. Na gut, dann fahr ich halt am MC BK Drive vorbei."

Mario mag das Essen bei MC Donuts BK nicht, er ist generell kein Fan von Fastfood. Aber es gibt scheinbar nichts anderes mehr, als diese Schnellrestaurants, die inzwischen an jeder Häuserecke eine Filiale haben.

Wenigstens geht es schnell. Nachdem er das Auto wieder in Bewegung gesetzt hat, wendet er sich an Monique.

„Warum willst du denn heute Abend nicht mitkommen?" - „Aus demselben Grund, aus dem ich nicht mitkommen werde, wenn du die Teilnehmer auf dem Gelände begutachtest: meine blaue Aura sehen die Dorn doch auch! Und kaum hätte mich nur ein einziger von ihnen gesehen, würden sie sofort die anderen informieren! Sie würden augenblicklich die Swarms stoppen und diese somit retten. Dann müssten sie keine neue Swarmflotte lossenden, um den Angriff lange Zeit später neu zu starten, sie wären also immer eine unmittelbare Bedrohung! Außerdem würden sie eine Angriffsflotte und eine Sturmtruppe lossenden, beide fliegen weitaus schneller als die Swarms! Sie würden also euren Planeten mit deutlich höherer Durchschlagskraft attackieren, als sie es bei einem vermeintlich unvorbereiteten Gegner für nötig hielten. Sie dürfen mich also unter keinen Umständen hier auf der Erde entdecken!" - „Ach die Dorn haben auch solche Kontaktlinsen?" - „Nein." Sie scheint leicht amüsiert. „Diese Linsen wurden eigens für euch Menschen angefertigt. Skarlak heißt die Substanz, die diese Linsen durchzieht und diesen Effekt erzeugt, je nachdem, welche Substanz in dem Objekt enthalten ist, das man damit anschaut. Wir Xanterooks geben unseren Jungen vier Jahre lang Tabletten, damit sich das Skarlak in den Pupillen ablagert. Genauso, wie ihr euren Nachkömmlingen Tabletten gebt, damit sie bessere Zähne bekommen. Bei den Dorn wird der Nachwuchs mit etwa fünf Jahren operiert. Die Schädeldecke wird aufgesägt und vorsichtig entfernt. Auf das Gehirn wird eine Titanium-Americium-Platte mit 238er Uranium-Kern gesetzt, die mit den hinteren äußeren Hirnlappen vernetzt wird, die vorderen Hirnlappen aber komplett isoliert. Dadurch wird das Unterbewusstsein komplett abgeschirmt und ist für die anderen ihrer Art unlesbar. Dies dient dazu, dass nur Informationen, die das Bewusstsein betreffen und vom Unterbewusstsein sozusagen freigegeben sind, an die Anderen weitergegeben werden. Dadurch bleibt ihr Unterbewusstsein so zusagen völlig privat, ihr Bewusstsein hingegen nur zum Teil. Sie haben also eine Art Kollektivbewusstsein und sind zugleich Individuen. An der Vorderseite der Platte sind zwei acht Zentimeter lange Nadeln, die direkt bis in die Augen hineinragen und diese mit ausreichend Skarlak versorgen. Zwei kleine Schläuche verbinden diese Nadeln mit einem Ventil, das aus dem hinteren Bereich des Schädels reicht, nachdem die Schädeldecke wieder aufgesetzt und alles vernäht wurde, damit im Alter bei Bedarf wieder Skarlak nachgegeben werden kann."

Mario bemerkt ziemlich genervt, dass vor ihm noch sieben Andere beim MC BK Drive anstehen, verzieht aber nur kurz das Gesicht und hört Monique weiter gespannt zu.

„Die Linsen sind für dich jetzt etwas Gewaltiges aber auf Dauer kann es sein, dass die Sehkraft nachlässt. Beim Schwimmen oder wenn du die Augen reibst, kannst du die Linsen verlieren. Außerdem musst du vorsichtig damit sein! Wie wir erfahren haben, gibt es seit kurzer Zeit auch Leriformac-Linsen, die deine Skarlaklinsen gelb leuchten lassen. Wenn ein Dorn weiß, dass du ihn erkannt hast, dann wird das sehr ungemütlich für dich werden."

Mario stößt deprimiert ein wenig Luft durch die Nase, schüttelt kurz den

Kopf und ein leichtes, zynisches Grinsen blitzt kurz über sein Gesicht. Eine schlechte Nachricht nach der anderen muss er erfahren und er fühlt sich immer mehr außer Stande, positiv zu denken. Das ist nun auch seiner Tonlage anzumerken: „Na toll. Kann ich die Leridingsbums-Linsen irgendwie erkennen?" - „Nein, leider noch nicht. Es gibt diese Linsen für euch erst seit ein paar Wochen, deshalb sind wir auch so verwundert, dass es schon die Leriformac-Linsen gibt. Die Dorn dürften eigentlich gar nicht wissen, dass wir mit euch in Kontakt stehen, daher gab es bisher auch keinen Grund für Leriformac, geschweige denn für ein Gegenmittel. Aber das wird sich auch in ein paar Wochen geändert haben, vor allem wird es aber hoffentlich bald nicht mehr notwendig sein, wenn wir jetzt alles richtig machen. Du musst aber auf jeden Fall sehr vorsichtig sein! Es ist möglich, dass sie mit einem Menschen Kontakt aufgenommen haben und ihn manipulieren. Aber dafür gibt es bisher noch keine Anhaltspunkte." Mario fährt an den Schalter und kann endlich bei der Bedienung seine Bestellung aufgeben. Dann fährt er zur Warenausgabe vor. Zuerst hält er die rechte Hand aus dem Fenster, damit der MC-Donuts-Mitarbeiter seinen RFID-Chip scannen kann. Nachdem dies erfolgte und das Guthaben auf Marios Bankkonto um den Rechnungsbetrag geschmälert wurde, überreicht ihm der genervte Jüngling die nährstofflose Nahrung. Dann fährt Mario in zweifachem Sinne fort. „Ich weiß nicht, ob ich das wirklich alles alleine schaffen kann", gibt er zu. „Du traust mir da sehr viel zu. Ich weiß nicht, ob ich das selber auch tue, zumindest in dem Umfang." - „Du wirst das schon schaffen, da bin ich mir sicher", geht sie beiläufig auf seine Bedenken ein. „Wenn die Dorn wüssten, dass wir sie schon erwarten, dann könnten sie erahnen, dass einer von uns mit einem von euch Kontakt aufgenommen hat, aber nicht mit wem. Sie könnten gedacht haben, dass einer der beiden gerade Ermordeten ein Eingeweihter war. Den Computer haben sicher die Dorn geklaut, um alle Gegenmaßnahmen zu verzögern, wahrscheinlich damit wir die Swarms nicht aufhalten können. Glücklicher Weise war ich nicht nur in der Lagerhalle um dich zu treffen, sondern auch um eine Sicherungskopie der Daten zu machen." - „Aber du hast den Rechner doch gar nicht angefasst?" Mario ist verblüfft. „Du solltest doch wissen", antwortet sie ihm leicht amüsiert und das erste Mal etwas von oben herab, „dass unsere Technik der euren „etwas" voraus ist. Es reicht, eure Technik zu scannen, da sie in keiner Weise isoliert ist. Du musst die Aufzeichnung innerhalb der nächsten zwei Tage an Bones übergeben, damit er die Vorbereitungen wieder vorantreiben kann. Wir müssen uns nur überlegen, wie wir das anstellen, ohne dass er denken könnte, du hättest etwas mit den Morden zu tun." Mario schaut sie schockiert an und überlegt, wie sie das meinte. Er braucht sie gar nicht zu fragen. „Wenn du ihm die Aufzeichnungen gibst und er wissen will, warum du sie ihm nicht gleich vorhin gegeben hast, als wir mit ihm in der Halle waren, wird er sich mit einem „das kann ich ihnen noch nicht sagen" nicht mehr zufrieden geben! In sechs Tagen werden unsere Schiffe hier sein, die Swarms etwa in acht Tagen. Das heißt, es muss alles reibungslos verlaufen! Du wirst vielleicht heute Abend auf der Veranstaltung den ersten Kleriker erwischen und vielleicht sogar morgen einen der SETI-Forscher als Dorn entlarven. Wenn wir nicht sehr viel Glück haben und durch Zufall noch einigen Klerikern begegnen, dann hast du für die übrigen nur zwei Tage Zeit. Und

sie könnten überall sein. Du solltest also jetzt schon einen Jet reservieren.
Hier habe ich übrigens noch etwas für dich." Sie greift in dieselbe Tasche,
aus der sie zuvor auch schon die Kontaktlinsen zog, und holt ein kleines
Päckchen mit sechs Tabletten hervor. „Das kannst du vielleicht brauchen.
Es dauert nur ein paar Minuten bis sie wirken und sie sind absolut
unschädlich für Menschen. Durch die Einnahme dieser Tabletten wird
sich deine Ausdauer um einiges vervielfachen, deine Reaktionszeit wird
sich stark verkürzen und du wirst über deutlich mehr Körperkraft
verfügen. Wir haben ein gewisses Enzym der Dorn isoliert, das eure
Hirnanhangsdrüse veranlasst, Hormone auszuschütten, die ihr Menschen
normaler Weise gar nicht produziert. Du bist dadurch in der Lage, deinen
Körper deutlich besser auszunutzen." – „Und was passiert wenn die
Tabletten einem der Dorn in die Hände fallen und er sie einnimmt? Wird
er dann noch stärker?" - „Oh, das das wäre schön, wenn er das täte. Wir
haben den Tabletten ein Gift beigemengt, das bei Dorn wirkt aber für
Xanterooks und Menschen ungefährlich ist. Du wirst nur viel Schlaf
brauchen, wenn die Wirkung nachlässt. Isst ein Dorn die Tabletten, wird er
binnen Sekunden sterben. Heute Abend wirst du sehen, dass wir uns nicht
in dir geirrt haben! Du wirst stolz auf dich sein können!"

Drei Monate nachdem er sich eingebildet hatte, von seinem Vater aufgesucht worden zu sein, hatte sich Hank wieder einiger Maßen erholt. Er malte zu dieser Zeit sehr oft und sah sich viele Natursendungen an. Er nahm zur Beruhigung Tabletten, die er von seiner Ärztin bekommen hatte. Zuvor hatte er ihr ausführlich geschildert, was ihm den Verstand raubte. Sie versicherte ihm, dass man ihn wieder hinbekäme, und fing ihn behutsam auf. Ein gewisses neben der Spur Stehen sei überdies nach solch tragischen Ereignissen nicht ungewöhnlich, außerdem sei er doch eine sehr starke Persönlichkeit.

Da er kaum noch aus dem Haus ging, freute Hank sich über jeden Besuch, wie er sich auch an diesem Tag freute, als es an der Tür klingelte.

Kapitel III - Vorbereitungen

Kurz vor zwanzig Uhr erreicht Mario Bones`s Büro. Er trägt seinen besten Anzug und das neue Paar Schuhe, das ein halbes Vermögen gekostet hat. Obwohl der Anzug maßgeschneidert ist und perfekt anliegt, kann man unter ihm die zwei Pistolen und die vier Ersatzmagazine nicht erkennen. Die Kontaktlinsen hat er auf Moniques Anraten in der kleinen silbernen Schachtel verwahrt, die er in der rechten Brusttasche verstaute.

Wenn Monique Recht hat und die Dorn am Eingang einen Kleriker mit Leriformac-Linsen positioniert haben, dann ist es wohl besser, wenn Mario die Höhle des Löwen blankäugig betritt. Er hofft nur, dass die hauchdünne Bleischicht, die die kleine Schachtel durchzieht und die Linsen komplett isolieren soll, wirklich zuverlässig ist. Mindestens genauso gespannt ist er auf das Päckchen mit den sechs Pillen, die er von Monique für den Notfall bekommen hat. Angeblich soll er nach Einnahme einer dieser Minitabletten innerhalb von zwei bis drei Minuten seinen Körper zu Extremleistungen treiben können, ohne davon körperliche oder psychische Schäden zu nehmen.

Beim Betreten des Büros stellt Mario fest, der Letzte zu sein. Ohne Umschweife lässt sich Bones Marios Waffen und Magazine aushändigen, nicht ohne dies zu kommentieren: „Ihr könnt da nicht bewaffnet reingehen. Wir haben einen Mann im Gebäude, der als Barkeeper getarnt operiert und euch die Waffen im Foyer wiedergeben wird. Jetzt studiert genau die Baupläne des Volkspalastes, damit ihr auf alles vorbereitet seid. Hier sind noch mal die Daten und Fotos der wichtigsten Personen, die an der Veranstaltung teilnehmen. Das leitende Sicherheitspersonal haben wir sicherheitshalber mit aufgeführt. Macht Notizen und Aufzeichnungen, besorgt uns so viele Informationen wie möglich, aber wem erzähl ich das? Ihr wisst ja genau was ihr zu tun habt. Auch wenn ich das bisher noch nie gesagt habe, ich bin sehr stolz auf euch, Leute! Ich will euch morgen 16.00 alle wieder gesund und munter vor mir sehen! Hier sind eure Karten, der Wagen steht schon unten. Wie immer orten wir eure Handys. Passt auf, dass sie nicht ausgehen! Sobald wir von zwei von euch längere Zeit kein

Signal erhalten, kommen wir rein. Jungs, das wäre ein sehr ungünstigster Moment für einen Fehlalarm, ich verlasse mich auf Euch!

Rückblick 4 (Hank 3)   **schwarzweiß**

Nichts ahnend und bei bester Laune öffnete Hank die Tür.
Fassungslos musste er feststellen, dass ihm wieder sein verstorbener Vater gegenüber stand. Hank wollte die Tür sofort verschließen und vergessen, was er gesehen hatte, doch starr vor Schock konnte er sich nicht mehr bewegen.

„Hank, mein Sohn, bitte lass es mich dir erklären. Ich kann mir gut vorstellen wie du dich fühlst und ahne, was in deinem Kopf vorgehen muss. Aber lass dir versichern: du stehst ganz sicher nicht am Rand des Wahnsinns. Du musstest Dinge verarbeiten, die man gar nicht alleine verarbeiten kann. Dass du so reagierst ist völlig normal und zeigt, wie sehr dir das alles zu schaffen macht. Lass mich dir dabei helfen. Darf ich bitte reinkommen?“

Hank stand immer noch regungslos in der Tür und eine einzelne, dicke Träne rollte ihm über das zitternde Gesicht. Manfred streckte die Arme aus und fasste fest die Schultern seines Sohnes. Hanks Kinn zitterte so heftig, dass es auf der Richterskala sicher eine Magnitute von 8.9 erreicht hätte. Nun, da er in die Arme seines Vaters gezogen wurde, brach er in tiefstes, verzweifeltes Weinen aus. Hank merkte, wie seine Beine versagten und er den Halt verlor, konnte aber absolut nichts dagegen unternehmen.

Manfred stützte ihn und versuchte vergeblich, ihn zu beruhigen.

Dann setzte er ihn auf den etwa drei Meter entfernten Sessel, sah sich kurz um und schloss dann die Tür von innen.

Akt 3

Kapitel I – Aktion, Absatz 1

Mario sitzt mit Max und Peter in der dritten Etage des kolossalen, prunkvollen Atriums des Volkspalastes und hat eine fabelhafte Aussicht auf das glamouröse Treiben. Etwa zwanzig Meter lange, mit Gold verzierte Seidentücher reichen von der vierten Etage bis hinunter zum Boden. Sie haben denselben Farbton wie die mit Elfenbein verzierten Geländer, die riesigen Skulpturen und der elegante Marmorboden. Darüber schweben gigantische kristallene Kronleuchter wie Ufos über den Köpfen der Gäste. Unzählige kleine Lasershows verursachen gemeinsam mit den üppigen Leinwänden und diversen Anzeigetafeln heftige Reizüberflutungen. Innerhalb kürzester Zeit haben die Gäste ihren Alltag völlig hinter sich gelassen; die letzten Anzeichen von Realität sind verflogen. Mario, der eigentlich beinahe nie Alkohol trinkt, hat schon das dritte Glas in der Hand und beobachtet gelangweilt das Treiben auf der großen Leinwand. Eine Art Mini-Quiz mit dem Gastgeber unterhält die Anwesenden mit amüsanten Falschantworten, die das aufgesetzte Treiben nur zusätzlich spießig und künstlich machen. Mario steht durch den ereignisreichen Tag total unter Strom und sitzt auf seinem Stuhl wie auf heißen Kohlen. Alles um ihn herum wirkt immer hektischer, während sich in ihm langsam alles entschleunigt. Er könnte aufspringen und wer weiß was machen aber nein – er muss hier einfach nur rumsitzen und nichts tun! Die vielen Fragen in Marios Hinterkopf haben inzwischen die Dynamik eines Piranhaschwarmes entwickelt und blitzen hier und da an der Oberfläche auf, nur ganz kurz, gerade noch wahrnehmbar. Mario wird hibbelig und ungeduldig. Nachdem seine Mimik sekündlich gelangweilter wurde, wirkt er jetzt beinahe aufgeregt. Und dann nervt ihn wieder dieses ewig in die Länge gezogene Rumgedruckse auf der Bühne. Er schüttelt den Kopf und man kann ihm schon ansehen, dass er irgendetwas nicht unkommentiert lassen will. Augenverleiernd stellt er fest, dass natürlich Antwort C korrekt sei und dass man endlich mal zum Punkt kommen solle. Mario ging nicht davon aus, dass jemand diese Worte hören, geschweige denn sich dafür interessieren würde. Aber plötzlich tritt ein über zwei Meter großer Kellner mit grimmiger Miene hinter einem Pfeiler hervor und nähert sich mit raschen Schritten. Entweder spricht der Kellner gerade so leise, dass die anderen Gäste ihn nicht hören können, oder sie tun einfach nur so, als bekämen sie nichts mit. Mario wundert sich zuerst nur über den auffallend wütenden Ton. Erst eine Sekunden später irritiert ihn die Frage, ob er überhaupt wisse, wer der Mann da unten auf der

Bühne sei. Mario zögert kurz. In dem Moment, als er sich gerade über den Hünen lustig machen will, bemerkt er das Funkeln einer voll verchromten Baretta, die der Lange unter einem Tablett versteckt auf Mario richtet.

„Ihr möchtet mich doch sicher ohne großes Aufsehen begleiten, oder? Los jetzt!" Ein leichter Wink mit der Pistole drängt zur Eile.

Mario ärgert sich. Er überlegte schon seit einer viertel Stunde, das WC aufsuchen und die Linsen einzusetzen. Er, ahnt nun einen Kleriker vor sich zu haben. Wenigstens hat er eine der Tabletten vorsorglich aus der Packung genommen und in die rechte Hosentasche getan, falls er sie schnell und unauffällig einnehmen wollte. „Ist ja gut, bleib geschmeidig", entgegnet Mario dem sicherlich nicht hauptberuflich als Kellner tätigen Riesen äußerlich entspannt, während er mit der rechten Hand in seine Tasche greift und die Pille zwischen Daumen- und Zeigefingeransatz klemmt, „austrinken darf ich ja wohl noch, oder?" Dabei bedient er sich desselben Tonfalls wie der Riese einen Moment zuvor. Er greift das Glas nicht wie gewöhnlich an dem dünnen Stiel, sondern weit oben am Rand. Während er es zum Mund führt, kann er dadurch unbemerkt die Tablette ansaugen und mit dem achtundsechziger Chateau le fit herunterspülen. Langsam stehen die drei Agenten auf und folgen dem Kellner. Sie sehen sich um und bemerken in ihrer unmittelbaren Nähe zwölf weitere "Kellner", die nicht nur ihren Blick, sondern auch ihre Pistolen, in ähnlicher Manier wie der Lange zuvor, unter einem Tablett auf die drei Cops richten. Erst jetzt fällt diesen auf, dass alle Kellner hier im Gebäude auffällig groß und muskulös sind. Mario und seine Kollegen begleiten den Blonden und drei weitere „Kellner" bis zu einem Fahrstuhl. Max wirkt besonders unbehaglich, scheint nervös zu sein und nach einem Ausweg zu suchen, unternimmt aber nichts. Der Fahrstuhl öffnet sich. Zuerst steigt der Blonde ein und stellt sich in die hintere linke Ecke, bevor sich ein zweiter Kellner in die hintere rechte Ecke stellt. Mario, Max und Peter werden in die Mitte des Aufzugs zitiert, bevor sich die letzten beiden angeblichen Kellner in den vorderen beiden Ecken platzieren. Somit haben alle vier direkten Blickkontakt zu den Undercoveragenten, die inzwischen ahnen, es nicht nur mit einer kleinen privaten Sicherheitsfirma zu tun zu haben. Der Fahrstuhl schließt sich. Anstatt einen Knopf zu drücken, zieht derjenige, der als letzter eingestiegen war und direkt an der Armatur steht, einen Schlüssel hervor und steckt ihn in das Schloss neben dem Notrufknopf; der Aufzug setzt sich in Bewegung. Obwohl laut Display das Untergeschoss die letzte Etage ist und das U schon längst leuchtet, fährt der Lift weiter, bis auf der Anzeige, die bisher alle Stockwerke in orange dargestellt hatte, nun ein rotes X aufblinkt. Die Türen öffnen sich. Davor stehen links und rechts jeweils zwei in Tarnfleck gekleidete Wachen, alle bewaffnet mit einer Colt Carabine M4A1.

Der lange Gang ist mit einem unangenehm grellen Licht beleuchtet und steht etwa zehn Zentimeter tief unter Wasser. Etwa alle fünfzehn Meter hängt kurz vor der Decke ein Signalhorn, jedes dritte davon ist mit einer Kamera versehen, die in die Mitte des Gangs zeigt. Unter jedem zweiten Horn befindet sich ein merkwürdiger Knopf an der Wand, der durch seine Häufigkeit stark auffällt. Die Mauern scheinen hunderte Jahre alt zu sein, alles wirkt kalt hier unten und diese Stille ist nach dem ereignisreichen Geschehen oben ein auffallender Kontrast.

Der eher freundlich wirkende Mann, der zuvor mit dem Schlüssel den Fahrstuhl in Gang brachte, verlässt als erster den Aufzug und dreht sich, knöcheltief im Wasser stehend, zu Mario und seinen beiden Mitstreitern. Mario will gerade aussteigen, da spürt er, wie der Blonde ihm seine Waffe schmerzvoll gegen die Wirbelsäule presst. Mario merkt, wie er ihm instinktiv seinen Ellenbogen vor das Nasenbein schmettern will und entscheidet sich, schneller als der Instinkt ihn treiben kann, dagegen. Er versucht gar nicht zu verstehen, wie er diesen Gedanken so schnell verarbeiten, auswerten und ignorieren konnte, ohne dass auch nur ein minimales Zucken zu sehen war. Er genießt es einfach nur und stolpert umgehend über das Gedankenfragment, wie bizarr sich das Gefühl des Genusses doch kleiden könne.

Mario bemerkt, wie sich lauter kleine Härchen aufstellen und die Kopfhaut mit einem angenehmen Kribbeln überziehen. Während sich Max und Peter durch das aggressive Verhalten des Blonden erst der Ernsthaftigkeit ihrer Lage bewusst werden, hat Mario alle Zweifel verloren. Irgendwie hat er das Gefühl, die acht Wachen allein überwältigen zu können, obwohl er die Wirkung der Tablette noch gar nicht ausprobieren konnte. Er will aber erst einmal sehen, wohin sie gebracht werden sollen und worum es hier geht. Zügig verlassen sie den Aufzug und gehen ein paar Meter.

„Halt!", schreit der Blonde kurz darauf in einem unnötig abfälligen Ton.

„Ihr solltet nur den Fahrstuhl verlassen und hier nicht den ganzen Gang entlang laufen, seid ihr etwa zu bescheuert, zuzuhören?"

Zwei der vier Kellner eilen wieder in den Aufzug und fahren nach oben. Beide, der fiese Blonde und der freundliche mit dem Schlüssel, ziehen ihr Kellner-Outfit wie Papier vom Körper und stehen nun auch in Tarnfleck vor den drei Agenten. Gemeinsam mit zwei der Wachen vom Fahrstuhl begleiten sie die drei unfreiwilligen Gäste den Gang entlang. Mario überlegt derweil, ob die an den Brusttaschen der Uniformen angebrachten Namensschilder korrekt seien oder etwaigen Vorbesitzern gehörten, als der Schlüsselträger plötzlich erschrocken zusammenzuckt.

„Was ist denn los, Johnson?", fragt der lange Blonde irritiert seinen kleineren Kollegen – die Namensschilder stimmen also. Johnson winkt beiläufig ab und schaut kaum zu McKinley rüber. „Nichts, kurz erschrocken, nur eine Kakerlake." - „Na ja, ist schon richtig. Die drei hier vor uns sind zwar genau so hässlich wie Schaben aber ungefährlicher als Würmer, es ist also angebracht der Kakerlake mehr Aufmerksamkeit zu schenken als diesem Abschaum, wegen dem ich jetzt alles oben verpasse!" Der Hüne nutzt jede Gelegenheit, um seiner Verabscheuung Ausdruck zu verleihen.

Als sie an der Abbiegung ankommen, die eben wie das Ende des Gangs wirkte, merken Mario und seine beiden Mitstreiter erst, wie riesig diese Tunnelanlage ist. Zweifellos war sie schon lange vor der Erbauung des Volkspalastes da. In den Bauplänen wurde dieser Bereich nicht einmal angedeutet. Max und Peter sind sich keiner Schuld bewusst und verstehen das Theater nicht, während sich Mario sicher ist, genau da zu sein, wo er sein sollte. Die Linsen einzusetzen scheint für Mario nicht mehr notwendig, da er den Kleriker schon erkannt hat. Aber wie soll er ihn von den anderen Wachen unbemerkt trennen, auch ohne dass Marios Kollegen bemerken, dass er doch deutlich mehr weiß, als er ihnen erzählt. Aber dann überkommt ihn noch eine andere Idee. Es könnte sich hier auch um einen Raub oder um eine Entführung handeln! Wenn man bedenkt, wer alles diese Veranstaltung besucht, dann scheint das gar nicht abwegig. Also muss sich Mario doch mit Hilfe der Kontaktlinsen von der Lage überzeugen. „Halt!", werden sie abermals von dem Choleriker befehligt, als sie an eine Stahltür kommen. Nachdem sich die drei Agenten wie befohlen mit dem Rücken zur Tür aufgestellt haben, um keinen Blick hinein werfen zu können, verschwindet der Blonde in dem Raum hinter dieser dicken Stahltür. Kurz darauf kommt er mit zwei AK 47 wieder in den Gang zurück und treibt das Grüppchen mit einem „vorwärts jetzt, wir haben nicht ewig Zeit!", an. Erst jetzt bemerkt Mario, dass es sich hier um eine Zusammenarbeit mehrerer Organisationen handelt. Er erinnert sich, dass einige der Kellner oben mit einer Baretta, andere mit einer Dessert Eagle und manche von ihnen mit einer Magnum bewaffnet waren, nun werden gleichzeitig Kalaschnikow und Karabiner auf ihn gerichtet. Traditionell visieren AK und Colt ihre Inhaber gegenseitig an und zielen nicht zusammen auf einen gemeinsamen Feind. Mario geht im Kopf alle Organisationen, Milizen, Paramilitärs und Geheimdienste durch, als würde er vor seinem inneren Auge eine Diashow in Lichtgeschwindigkeit ablaufen lassen. Ihm fällt keine Organisation mit einem solch zusammengewürfelten Waffenarsenal ein. Anstatt Angst und Bedenken fühlt Mario nur brennendes Interesse.

„Beruhige dich mein Sohn! Es ist alles in Ordnung, ich bin es wirklich. Deine College-Aufnahme war 1996 und du hast von mir damals das Spiel Starcraft geschenkt bekommen, das du dann Jahre lang gespielt hast. Die Spiele sind immer besser geworden aber es gab kein anderes, das dir so gefallen hat. Erinnerst du dich noch an das Turnier? Du hast vierzehn Tage lang kaum geschlafen, jeden Tag etwa 16 Stunden lang gespielt und übermüdet die Wiederholungen ausgewertet, um noch besser zu werden. Ich weiß noch wie oft ich dich auf deine Augenringe ansprach. Und ausgerechnet an dem Tag des Turniers hattest du verschlafen. Du kamst eine halbe Stunde zu spät und durftest nicht mehr an dem Turnier teilnehmen, da du die Qualifikations-spiele verpasst hattest. Am nächsten Tag hast du das Spiel vom Rechner gelöscht, die CD verschenkt und mit Kampfsport angefangen.“

Hanks Augen wurden groß, er beruhigte sich und begann zu lächeln. Manfred begriff sofort, dass er nicht mehr fortfahren brauchte. Es war nicht unbedingt was er sagte sondern vielmehr wie er dies tat.

„Du bist es wirklich?“ Nun zitterte Hanks Stimme. Er begann fast wieder zu weinen, dieses Mal aber vor Freude. Ruhe stieg von innen auf, durchströmte seinen Körper und verdrängte das Adrenalin. Dann, endlich, entspannte er sich. Es war Manfred tatsächlich gelungen. Hank sortierte kurz seine vor Erstaunen betäubten Gedanken und wusste gar nicht, was er zuerst fragen sollte. Er realisierte die Frage erst, als er sie aussprach: „Und du bist echt schon mal Aliens begegnet?" Er ging gleich mit der ersten Frage in die Vollen. „Ja", antwortete Manfred mit vor Begeisterung funkelnden Augen und zugleich unglaublich froh, endlich normal mit seinem Sohn reden zu können. **„Sie sind echt unglaublich, sie nennen sich die Dorn."**

Kapitel I – Aktion, Absatz 2

„Wie mich das ankotzt!" Völlig unerwartet meckert, nein, schreit McKinley plötzlich seinen Zorn durch die Gänge. „Wie können die nur meine Stelle streichen? Diese Pappnasen, die da vor den Toiletten, vor den Aufzügen, auf den Dächern und zwischen den Gästen rumlaufen, die wollen sie alle behalten. Alle, obwohl sie gar nicht so viele brauchen! Aber meinen Posten schaffen die ab und lassen einen Elitekrieger hier Kindermädchen spielen! Nicht zu fassen ist das!" Er schreit sich den Frust von der Seele, als ginge er ganz allein den Gang entlang, als würde er die anderen in seiner Wut gar nicht mehr wahr nehmen. Das Klagelied selbst wiederum verlockt Mario, als käme es direkt aus dem Halse des Rattenfängers von Hameln. Mario kann gar nicht anders. Er kann es sich einfach nicht verkneifen, den mutmaßlichen Kleriker weiter auf die Palme zu bringen: „Ach deswegen sind sie so aggressiv, während ihre Kollegen recht entspannt sind." Marios Grinsen passt hervorragend zu dem überheblichen Ton, der den Langen ganz offensichtlich provozieren soll. Dieser dreht sich ruckartig um und schlägt aus der Drehung heraus mit voller Kraft vor Marios Brustkorb. Dabei zerbricht zuerst das Etui mit den Kontaktlinsen in Marios Brusttasche, dann zerreißt der riesige Ring des Söldners die Brusttasche selbst. Max und Peter springen erschrocken einen Schritt zurück. In dem Moment, als sie wieder landen, hören sie, wie zwei Gewehre hinter ihnen entsichert werden. Johnson sieht nur genervt zu McKinley, auch er scheint ihn nicht sonderlich zu mögen.

Mario, der unbedingt seine Stärke und Geschwindigkeit, die er durch die Tablette erlangt hatte, verbergen wollte, schaut nach unten. Er hatte bemerkt, wie die Schachtel Kontaktlinsen durch den Riss aus der Tasche rutschte und sieht nun, wie sie herunter ins Wasser fällt. Er sieht es alles ganz deutlich. Auf dem Weg nach unten fliegen die vier kleinen Mettallstückchen auseinander und die Linsen kommen etwas nach der Hälfte des Weges zum Vorschein. Bis dahin hatte Mario überlegt, ob einer der vier Soldaten wohl ahnen könne, was sich in dem Schächtelchen befände. Nun treibt ihn die Frage um, ob einer der Anwesenden die Kontaktlinsen gesehen habe und zu deuten wisse.

Die beiden Wachen schräg rechts hinter Mario stehen etwa eineinhalb Meter entfernt. McKinley steht vielleicht sechzig Zentimeter entfernt, etwa auf elf Uhr und Johnson, der am weitesten voraus gegangen war, steht etwa zwei Meter weiter auf ein Uhr.

Mario beobachtet, wie sich die Linsen in der Luft drehen. Er realisiert alles so intensiv, als liefe es in Zeitlupe ab. Seine Sinne und sein Reaktions-vermögen sind so ultimativ ausgeprägt, dass er sich jedes einzelne Detail ganz in Ruhe anschauen kann. Er bemerkt jeden noch so kleinen, hauchdünnen Knick, der durch die Drehbewegung in den Linsen entsteht und wieder verschwindet. Alles läuft vor seinem Auge ganz langsam ab. Bis sich endlich eine der Linsen genau in jenen Winkel gedreht hat.

Jenen Winkel, der genau das Licht einfängt, das gerade noch Teil des Spiegelbildes der Wachen auf der Oberfläche des Dreckwassers war.

Jenen Winkel, der das eingefangene Licht genau in Marios Pupillen leitet.

Jenen Winkel , der ein intensives rotes Licht transportiert.

Es ist genau diese merwürdige Art schimmernden Lichts, das Mario zu sehen erwartet hatte, es wabert genau in jener magischen Weise, wie auch das blaue Licht Stunden zuvor, das Monique in Marios Auto umgab.

Über die Nervenbahnen an das Gehirn weitergeleitet, löst das Signal des roten Lichtfunkens plötzlich ein merkwürdiges Gefühl zwischen Déjà-vu und Déjà-vécu in Mario hervor. Er glaubt nicht, diese Situation schon einmal erlebt oder irgendwo gesehen zu haben. Er erinnert sich vielmehr an dieses Gefühl, diese ganz spezielle, unverwechselbare Empfindung der Erkenntnis.

Rückblick 6 (Hank 5)

Hank saß wie verzaubert in seinem Sessel und sah aufmerksam zu
Manfred, seinem Vater. Dieser erklärte ihm in den letzten Stunden nicht
nur, wie er damals reanimiert werden konnte. Vielmehr machte er bereits
kurz darauf deutlich, dass dieser Punkt angesichts der darauf folgenden
Themen nahezu unspektakulär wurde.
Er weihte Hank innerhalb kurzer Zeit in eine imposante Vielzahl von
unglaublichen Informationen allerhöchster Verschlusssache ein, die für
sich allein schon eine intensive Heranführung des Neophyten voraussetzen
und überdies eine längere psychologische Nachbetreuung empfehlen.

Die Restaurierung von Hanks Weltbild war bereits weit fortgeschritten.
Inzwischen hatte Hank erfahren, dass es enorme Menge außerirdischer
Lebensformen gibt, von denen einige bereits seit geraumer Zeit auf der
Erde sind. Von Ihnen sind zwei Gattungen besonders relevant, die
Xanterook und die Dorn.

Die Dorn sind ein auf Terraforming spezialisiertes Volk. Anders als in der
von Menschen priorisierten Vorstellung von Raumsonden, welche erst den
Weg zu den zu kolonisierenden Objekten zurücklegen müssten,
versprühen die Dorn kleinste Sporen hyperthermophiler Xylo-Bakterien
von Raumstationen aus quer durchs gesamte Weltall. Die als „Firsts“
bezeichneten Sporen überwinden dabei jede planetare Atmosphäre

unbeschadet und schlummern manchmal hunderttausende Jahre inaktiv auf Planeten, Asteroiden, auf Meteoren oder frei durchs All treibend, bis sie irgendwann zufällig durch einen für jede First-Art ganz speziellen elektromagnetischen Spannungsimpuls aktiviert werden. Nach ihrer Aktivierung fungieren die meisten Firsts als Pioniere. Sie nehmen anorganische Stoffe, vor allem Ammonium und Nitrat, auf und bilden daraus organische Stoffe. Etwa zehn Prozent der Firsts sind Konsumenten und ernähren sich von den Pionieren. Die meisten von ihnen entwickeln sich rasch zu komplexeren Organismen weiter, die sich nicht mehr von Pionieren, sondern von kleinen Konsumenten ernähren. Nur ein Prozent aller Firsts sind Destruenten und zersetzen die organischen Substanzen wieder in anorganisches Material. Erst sie runden dieses Projekt zu einem Kreislauf ab, den man auch als biologisches Perpetuum Mobile zweiter Klasse bezeichnen könnte.

Der Heimatplanet der Dorn, Gliese 581 c, liegt etwa 20,4 Lichtjahre, also 193 Billionen Kilometer von der Erde entfernt.
Die ersten Sporen erreichten die Erde vor etwa 980 Millionen Jahren, die ersten bemannten Raumsonden der Dorn kamen vor etwa 8 Millionen Jahren hier an.

Die Mitglieder der Dornfamilie betrachten die Menschen als ihre Kinder. Trotz alledem, was bisher geschah, haben sie nie aufgegeben, den Menschen auf den rechten Weg zu helfen.

Das rote Licht löst einen extremen Adrenalinschub in Mario aus. Nun hat er endlich Gewissheit; er hat den ersten Kleriker gefunden. Noch bevor sich der Gedanke, ob McKinley die Linse schon erkannt habe, richtig entwickeln kann, schnellt Marios linke Hand mit einer extremen Geschwindigkeit zum Lauf der AK des blonden Riesen. Dieser kann gerade noch erschrocken aufschauen, als Mario schon den Lauf auf das rechte Knie richtet, die rechte Hand bereits am Griffstück der Waffe. Mit seinem rechten Daumen löst Mario den Schuss aus, der knapp über McKinleys Knie von oben einschlägt und selbigem einen fiesen Schrei entlockt. Mario nutzt die Schrecksekunde, um McKinley das Gewehr zu entreißen und ihm eine zweite Kugel in den Kopf zu jagen. Er dreht sich um einhundertachtzig Grad und zielt mit dem Gewehr auf das Knie einer der beiden Wachen hinter sich. Rückwärts laufend und McKinley dabei als Schutzschild hinter sich vor sich herschiebend, feuert Mario den nächsten Schuss ab. Max dreht sich, nachdem die Wache rechts neben ihm umgefallen ist, nach links, zu dem vorletzten Söldner. Noch bevor er ihn richtig realisiert hat, fällt dieser, wie auch dessen Kollege vorher, mit zwei zertrümmerten Knien zusammen, unfähig noch irgendetwas zu unternehmen. Mario hat, noch bevor der Vorletzte den Boden erreichte, die Beine in die Luft gerissen und streckt sich nun im Fall horizontal zu Johnson hin, den Mario schließlich nicht entkommen und mit Verstärkung zurückkehren lassen kann. Fallend hält Mario sein Visier neben den Beinen des toten McKinley, der immer noch nicht umfallen konnte, auf die linke Kniekehle von Johnson gerichtet. Dieser hatte extrem schnell reagiert und versucht, die Flucht zu ergreifen. Marios Blick folgt dem Flug der Kugel, die auf dem Weg rotiert und den Kleinen anscheinend direkt zentral in der linken Kniekehle erfasst. Johnson knickt aber nur kurz mit seinem linken Bein ab und rennt einfach weiter. Während sich Max und Peter die Waffen der Söldner schnappen, trifft die zweite Kugel genau in die rechte Kniekehle des Schlüsselträgers. Dieses Mal zuckt er nicht mal und auch kein Geräusch lässt vermuten, dass er getroffen wurde. Mario schießt noch ein paar Male hinter Johnson her aber dieser erreicht die nächste Biegung und ist weg. Mario springt auf und kann nicht fassen, dass sein zweiter Schuss gar nicht traf und der erste offensichtlich nur ein Streifschuss war, ist aber froh, den ersten Kleriker überwältigt zu haben. Überzeugt hebt er eine Linse aus dem Wasser und beugt den Arm. Auch wenn er die Linse so dreckig nicht einsetzen will, wird er gleich den Beweis dafür haben, den ersten Kleriker erledigt zu haben.

„Warum musstest du ihn denn töten?", hört Mario die dumpfe Stimme von Peter irgendwo in weiter Ferne fragen, als der Schock einsetzt: Auf der anderen Seite der Kontaktlinse liegt eine gewöhnliche Leiche! Kein rotes Licht! Mario ist fassungslos und einige seiner Gedanken schaffen es unbemerkt bis über seine Lippen: „Leuchten die nur solange sie leben? Wenn Elemenstrukturen farblich reflektiert werden, dann müsste der Effekt auch bei einem Toten zu sehen sein. Der Kleine muss den Schatten erzeugt haben!", begreift Mario, der nun wie angestochen losrennt und seine Kollegen ungläubig zurücklässt.

„Du hast ´nen Schatten!“, ruft Max sauer hinterher, der den Tod des langen Blonden etwas übertrieben findet und nicht verstehen kann, warum Mario dem Kleinen nun hinterherjagt. „Der war doch noch nie so, was ist denn mit dem los?“, wendet er sich an Peter, während er mit einer Pinzette auf eine der beiden jammernden Wachen zugeht. „Die Kugel muss raus, halt still, dann wird es dir gleich besser gehen!“, fordert er von dem vor ihm Liegenden. Dieser verstummt und richtet sich bereitwillig auf. Er stützt sich mit den Händen im Wasser nach hinten vom Boden ab und Peter befürchtet, dass der Verwundete dort nach etwas greifen könnte.

Rückblick 7 (Hank 6)

Die Xanterooks, so erfuhr Hank von seinem Vater, sind im ganzen Universum für ihre perfide Arglist bekannt. Sie sind unübertroffen darin, ganze Gattungen zu täuschen und für ihre Interessen einzuspannen. Sie schrecken vor nichts zurück. Wenn es ihnen nützlich ist, sind sie äußerst brutal.

Die Xanterooks bewohnten bis vor 5152 Jahren einen Planeten, der im selben Sonnensystem wie die Erde lag. Er hieß Hebra und befand sich zwischen Mars und Jupiter, da wo heute der Asteroidengürtel ist, den die Bombe hinterlassen hatte.

Die Xanterooks hatten zu diesem Zeitpunkt beinahe alles Leben auf dem Mars ausgelöscht und die schon seit einiger Zeit auf der Erde stationierten Xans gingen immer aggressiver vor.

Die Marsbewohner hatten indes die Jahrtausende langen Täuschungen der Xans irgendwann realisiert. Entgegen allen Erwartungen forderten sie die Hebra-Xan lediglich auf, den Mars gewaltfrei zu verlassen.

Auf die Weigerung folgte der Krieg. Er währte lange, er war heftig. Einiges von dem, was zeitgleich auf der Erde in Ägypten geschah, kann man heute noch in einigen Schriften lesen. Die Xan haben so viele Menschen so bestialisch gefoltert und gequält, nur damit diese nicht mehr zu ihren alten Göttern, nicht mehr zu den Dorn beten, sondern nur noch zu den Xans, den neuen Göttern. Sie haben sogar die von den Dorn erbauten pyramidalen Wolkenanlagen zerstört, auf die die Menschen so dringend angewiesen waren. Die folgende Dürre und Hungersnot brachte beinahe ganz Ägypten den Tod. Viele Mitglieder der intergalaktischen Allianz haben die Xans eindringlich an die AGV, die "Absoluten Gesetze der Völker" erinnert. Selbst von den Quiandar, einem der mächtigsten, wenn nicht gar dem mächtigsten Volk überhaupt, wurden sie ermahnt, den Krieg zu beenden und die Planeten der fremden Völker zu verlassen. Da die Xan jegliche Forderungen einfach ignorierten, entsandten die Quiandar zwei ihrer Ältesten, Michael und Gabriel.

Max hockt vor dem verletzten Söldner und führt die Pinzette zur Wunde. Als er die Kugel erfasst, stöhnt die Wache vor Schmerzen markerschütternd auf und verkrampft den ganzen Oberkörper.

„Das war es schon!", beruhigt Max seinen total erblassten Patienten, der sich verwirrt die ihm hingehaltene Kugel anschaut. Max greift nach der zweiten Kugel. Seine Hand ist genauso ruhig wie seine Stimme. „Ja und nun?", will er wissen. „Was machen wir denn jetzt mit ihnen? Und wo gehen wir lang? Und wo zum Teufel ist Mario jetzt hin? Wie kann der einfach so abhauen ohne was zu sagen?" Mario rennt schneller als Usaint Bolt, trotzdem kann er Johnson nicht einholen. Er gibt es auf und rennt wieder zurück zu seinen Gefährten. Unterwegs überlegt er, ob Johnson noch schneller als er gelaufen war oder sich hier irgendwo versteckt.

„Ich habe keine Ahnung Max, mich würde eher interessieren warum der so urplötzlich auf die vier losgegangen ist. Er war schon immer sehr gut aber so was habe ich noch nicht erlebt und der Grund für sein Verhalten ist..." Peter springt erschrocken auf, als er durch das nahende Plätschergeräusch bemerkt, dass jemand genau auf sie zu rennt. Er hält das Gewehr im Anschlag und zielt direkt auf die Innenkante der Abbiegung des Tunnels. Er ist zu nervös. Übereifrig und fast aus Versehen feuert Peter den Schuss ab, dem blankes Entsetzen folgt. Erst als der Schatten in der Biegung sichtbar wird, erkennt Peter, dass Mario dort angerannt kommt. Dieser scheint aber beinahe der Kugel auszuweichen und ist nach einigen weiteren

Sekunden unverletzt bei seinen Kameraden, Peter atmet tief durch.

„Wir müssen sofort hier raus!", wendet sich Mario ohne Umschweife an seine Mitstreiter, „Diese beiden Söldner müssen wir auf jeden Fall zur Vernehmung mitnehmen und der Leichnam von McKinley muss sofort untersucht werden! Ich habe da eine Vermutung, die auch etwas mit dem Physiktest heute Nachmittag zu tun hat, aber zuerst müssen wir hier raus, und zwar sofort! Mindestens die beiden Wachen vorne am Fahrstuhl müssen eben die Schüsse gehört haben, wer weiß wer noch alles. Macht eure Handys aus, ich versuche Bones anzu... ach Scheiße man! Hat einer von euch beiden Empfang?" Das stumme Kopfschütteln bleibt unkommentiert.

„Zumindest wird Bones, weil er den Kontakt verloren hat, schon auf dem Weg sein aber ich denke nicht, dass er jemals hier runter finden wird." Mario registriert die fragenden Blicke seiner Kollegen, scheint aber keine Zeit für weitere Erklärungen zu haben. Eilig und entschlossen macht er ganz den Eindruck, als hätte er einen Plan.

Mario dreht sich zu den im Wasser kauernden Söldnern um, die von der Situation überfordert und auf das schlimmste gefasst zu sein scheinen, einer von ihnen zuckt beim Klang Marios Stimme zusammen. „Wir werden euch Beiden zwar jetzt als Geiseln nehmen, um da vor zum Fahrstuhl zu gelangen, aber wir werden euch nichts tun, versprochen! Sobald wir hier raus sind, werden wir euch ordnungsgemäß vernehmen und unter Umständen danach vielleicht sogar wieder freilassen. Es wäre nicht ungeschickt von euch, auf eure beiden Kollegen da vorne deeskalierend einzugehen. Ihr müsst jetzt die Zähne zusammen beißen, wir haben leider keine Zeit um eure Beine zu schienen." Mario setzt die Beiden mit dem Rücken in Laufrichtung nebeneinander und deutet Max und Peter mit einer knappen Kopfbewegung, die Leiche von McKinley mitzunehmen. Peter fischt erst das Gewehr des Söldners aus dem Wasser, dann greift er die Schultern des Toten; Max umfasst die Knöchel und guckt teils irritiert, teils erwartungsvoll zu Mario. Dieser packt die beiden Söldner einfach am Kragen und schleift sie, scheinbar ohne größere Kraftanstrengung, zum Aufzug, so als zöge er lediglich Papierschiffchen hinter sich her. Max und Peter sehen sich verdutzt an.

Kurze Zeit später kommen sie zur letzten Abbiegung. Mario lehnt die Geiseln an die Wand und ermahnt sie mit den Worten „Baut jetzt ja keinen Scheiß!", zur Vernunft. Beide Wachen am Fahrstuhl sitzen mit der Waffe im Anschlag. Sie haben Mario und seine Begleiter erwartet. Natürlich haben sie die Schüsse gehört. Mario verliert keine Zeit.

„Wir wollen weder euch, noch euren beiden Kollegen hier etwas tun! Lasst uns einfach vorbei und euch wird nicht geschehen." - „Die Sache ist weitaus wichtiger als du dir vorstellst, Mister. Vergiss es! Außerdem, selbst wenn ihr uns umlegt, ihr kommt hier niemals weg! Wie es aussieht, konnte Johnson entkommen, oder? Oder konntet ihr ihm etwa den Schlüssel abnehmen? Nicht, nein? Also wir haben keinen und die beiden die ihr da als Geiseln habt auch nicht!"

Der stumme Wachposten zielt weiter mit seiner AK auf Mario, der Gesprächige legt aber plötzlich seine Waffe weg und steht langsam auf. Er geht bitter grinsend nach rechts zu einem der seltsamen Knöpfe. Mario, der das Weglegen der Waffe eigentlich als Kapitulation verstanden hatte und nun total gestresst ist, schreit den Typen am Ende des Ganges an. Auf seine Frage, was das werden solle, bekommt er lediglich die Gegenfrage, was er denn meinen würde. Dann drückt der Typ tatsächlich ungehindert den Knopf! Augenblicklich geht ein lauter Alarm los, das Licht blinkt plötzlich wie ein Stroboskop und in einem noch grelleren Ton. Ein merkwürdiges Gegrummel nähert sich bedrohlich aus weiter Entfernung, scheinbar mit einer enormen Geschwindigkeit. Nun legt auch die zweite Wache die Waffe ab und fängt an zu beten, was ihm seine zwei verletzten Kollegen sofort gleichtun. „Was ist hier los?", brüllt Mario außer sich. Er rennt den Gang zum Lift entlang auf die zwei Wachen zu und zieht seine Dessert Eagle. Max und Peter reagieren sofort und schleifen die beiden Verwundeten zum Aufzug. Kaum angekommen, hält Mario einer der beiden Wachen die Waffe an den Kopf. Doch der Typ ignoriert ihn schlichtweg! Mario durchdringt den vor ihm sitzenden mit einem immer ernsteren Blick. Dann beugt er sich zu ihm vor und spricht mit überraschend ruhiger und gefasster Stimme, als hätte man ihn während der Sekunden ernsten Dreinschauens umprogrammiert.

„Ich würde mich nur äußerst ungern so verhalten, wie es unsere Dienstanweisung für eine solche Situation vorsieht. Eigentlich bin ich angehalten, deinem Kollegen in den Bauch zu schießen, anschließend die Pistole auf dich zu richten und dich schließlich darauf hinzuweisen, was dies für qualvolle Schmerzen seien. Aber das würde ich gern vermeiden. Denkst du, du kannst uns allen hier die harte Tour ersparen und einfach endlich erklären, was hier vor sich geht und was das für ein verdammtes Geräusch ist?" Der Wachmann beginnt zu seufzen, bevor er sich tatsächlich entschließt, Mario doch zu sagen, wie aussichtslos seine Situation ist. „Ihr sitzt wie die Maus in der Falle!", schreit er sie hasserfüllt an. „Wenn der Alarm ausgelöst wird, dann wird die komplette Anlage hier unten geflutet. Das Wasser wird erst abgelassen, nachdem unsere Taucher hier unten alles überprüft haben und jede Gefahr ausschließen können. Die anderen Ausgänge könnt ihr niemals erreichen, der einzige Ausweg ist der Aufzug und dafür habt ihr keinen Schlüssel. Was willst du jetzt machen Juck Norris? Du hast noch fast zwanzig Sekunden Zeit.", beendet er zynisch, um sein Gebet wieder fortzusetzen.

In dem Moment, als Mario wutentbrannt vor die Tür des Fahrstuhls tritt, blinkt plötzlich ein Licht an diesem auf. Das folgende Geräusch lässt vermuten, dass der Aufzug irgendwie auf dem Weg nach unten ist. Mario zielt auf die linke Ecke des Fahrstuhls und deutet Peter, auf die rechte Ecke zu zielen. Max weist er an, die Verletzten zum Lift zu schleifen. Als man hören kann, dass der Fahrstuhl anhält, schießen Mario und Peter in die Ecken, in denen sie wie bei der Abfahrt zwei Söldner vermuten. Es poltert kurz im Inneren. Als sich die Tür des Aufzuges öffnet, will Mario seinen Augen nicht trauen und schreit verzweifelt auf, er will es einfach nicht wahrhaben. Was für ein Schock! Das hat Mario ganz sicher nicht erwartet.

Er wusste, dass er jemanden im Inneren des Fahrstuhles getroffen hatte und befürchtete, vielleicht einen Unschuldigen erwischt zu haben. Aber was er da vor sich sieht, als sich die Türen öffnen, treibt Mario fast in den Wahnsinn. „Oh mein Gott! Ich wusste ja nicht, oh verdammt! Scheisse!" Mario, der eigentlich den Fahrstuhl stürmen und sich, seine beiden

Gefährten und die Wachen retten wollte, steht nun fassungslos und zitternd, beinahe erstarrt davor. Er konnte ja nicht ahnen, dass Bones mit ein paar Männern im Fahrstuhl ist, um sie zu retten! Bones stand in der rechten Ecke und hockt nun total erschrocken und mit einem Streifschuss am Arm vor John, der in der linken Ecke stand. John war sofort tot. Mario hatte soeben einen seiner besten Freunde mit einem Kopfschuss niedergestreckt! Umso schwerer ist es nun für ihn, sich von der Situation zu lösen. Doch er muss es schaffen, da gibt es nichts dran zu rütteln. Er muss in weniger als zwanzig Sekunden nicht nur die Söldner in den Aufzug schleifen, sondern unbedingt auch die Leiche von McKinley bergen, die dringend untersucht werden muss. In weniger als 20 Sekunden müssen die Fahrstuhltüren zu sein, komme was da wolle.

Mario sprintet wie ein Gepard los und es scheint, als wolle er versuchen, die immer noch durch die Tunnelanlage hallenden Worte „Ich muss ihn holen!" einzufangen. Zehn Meter hin, McKinley schultern, zehn Meter zurück. Die Fahrstuhlinsassen können es nicht fassen.

Als Mario sein Ziel erreicht hat und mit dem Leichnam auf der Schulter den Rückweg antritt, kann er nicht sehen, sondern nur hören, wie das Wasser gerade hinter ihm um die Ecke geschossen kommt. Er rennt, so schnell er kann. Im Fahrstuhl wird kein einziges Wort gesprochen. Der Zeigefinger von Max zittert schon seit einigen Sekunden vor dem Fahrstuhlknopf. Mario erreicht den Lift gerade noch rechtzeitig, in allerletzter Sekunde.

Als das Wasser gegen die Türen donnert, die bis auf einen etwa zwei Millimeter breiten Streifen geschlossen sind , erzeugt es solch einen lauten, dumpfen Knall, dass die Insassen das Gefühl haben, es würde sich zehn Zentimeter neben ihnen das monströseste Unwetter aller Zeiten entladen. Mario starrt eine Zeit lang auf die stählerne Fahrstuhltür, dann fällt sein Blick mit einem tiefen Ausdruck unsäglicher Qualen auf den toten Kollegen. Mario richtet in Gedanken einige Worte an ihn, dann wendet er sich an seinen entsetzten Chef: „Ist alles in Ordnung mit ihnen?" - „Was? Ob alles ok ist? Ernsthaft? Was war da unten los? Warum schießt ihr einfach auf uns? Warum wart ihr überhaupt da unten? Und wer sind die da?" - „Wir wissen es noch nicht genau. Wir wurden gezwungen, die Wachen hierher zu begleiten, warum wissen wir auch noch nicht. Woher wussten sie denn, dass wir da unten waren?" - „Was ist denn das für eine Frage? Deine Beraterin Monique hat mich nach eurem Telefonat gerade eben angerufen und mir gesagt, dass ihr in Schwierigkeiten seid. Sie hat mir gesagt, dass ihr hier unten seid und wer von den Wachen oben einen Schlüssel hat."

Max und Peter schauen sich fragend an, sagen aber nichts dazu. Mario ist verblüfft, die Verwunderung ist ihm aber nicht anzumerken: „Oh, ich hätte nicht gedacht, dass sie sie so schnell erreicht. Es tut mir leid! Ich kann nicht mal ansatzweise zum Ausdruck bringen, wie leid mir das hier alles tut aber wir befinden uns in allerhöchster Gefahr! Diese Leute hier haben definitiv irgendetwas Krasses geplant. Ich dachte zuerst, sie könnten hier versuchen einen Raub oder eine Entführung durchzuziehen aber das schließe ich nun aus. Dieses Tunnelsystem da unten ist sehr alt, trotzdem kann es sein, dass es von derselben Organisation angelegt wurde, die hier ihr Unwesen treibt. Ich muss ihnen unbedingt etwas Wichtiges unter vier

Augen mitteilen. Sie können sich doch noch an das Gespräch heute
Morgen in ihrem Büro erinnern, speziell an den letzten Teil des
Gespräches. Wir müssen reden! Ich habe nun genug Informationen um sie
umfassend über..." Mario wird vom Signal des Fahrstuhls unterbrochen; sie
haben das Obergeschoss erreicht. Als sich die Tür öffnet, kann man nicht
genau erkennen, wie viele Kellner auf den Fahrstuhl gewartet haben. Gut
erkennen kann man hingegen die Dessert Eagle, die schon bei halb
geöffneter Tür hervorragt und lautstark eine Kugel in den Innenraum des
Aufzugs spuckt! Wild rotierend frisst sie sich durch die Luft, zerfetzt dann
die helle Vikunja-Seide der Anzughose und zertrümmert schließlich die
rechte Hüfte von Bones.

Eiskalt, ohne eine Miene zu verziehen und unwirklich freundlich wendet
sich der furchteinflößende Gangster an Mario: „Das können sie sehr gerne
auch mir erzählen, Herr Loreydo! Der Rest folgt bitte unauffällig meinen
Kollegen!"

"Es gibt viele Menschen, die an einen Mann im Himmel glauben. So stellen sie sich Gott vor und daran halten sie fest. Sie denken, sie würden an Gott glauben. Doch das, woran sie tatsächlich glauben, ist nur ein Mann im Himmel. Was Gott wirklich ist, versuchen sie meist gar nicht zu erfassen. Können sie auch heutzutage eigentlich gar nicht mehr.

Ich versuche es mal ganz grob zu formulieren. Leider fehlt uns die Zeit, um ins Detail zu gehen aber für einen kleinen Crashkurz sollten es reichen.

Falls du dich bereits mit der Urknallhypothese "Standartmodell" beschäftigt haben solltest, dann lass dich davon nicht irritieren. Hiervon steht einiges dazu im Kontrast. Wundere dich also nicht!

Das Universum ist endlich. Lass das erst mal sacken.

Eine riesengroße Kugel und rings herum nichts. Außerhalb existiert kein Raum und kann nichts eine Eigenschaft haben. Verarbeite das erstmal.

Hast du? Wirklich? Sicher? Ok, weiter: Der Raum in dieser Kugel besteht aus winzig kleinen, kugelförmigen Raumquanten, kurz RQ. Denk einfach an ein frisch gezaptes Bier! So ähnlich wie die kleinen Bläschen der Schaumkrone kannst du dir auch dir RQ vorstellen, nur perfekt angeordnet. Ein Raumquandt wird grundsätzlich von 12 angrenzenden RQs berührt, sogenannte Jünger.

Das kleinste Materieteilchen ist ein Photon. In einem anderen Zustand nennt man es Neutrino. Sämtliche Materie besteht in der kleinsten Ebene also aus Photonen. Und die Summe aller Photonen ist Gott.

Photonen sind, wie jede höhere Materiestufe, fest darauf ausgerichtet, ein möglichst niedriges Energieniveau zu erreichen. Wenn zwei Photonen sich nahe kommen, senden sie einen Teil ihrer Energie in Form von Alpha- und Betastrahlen zu dem anderen Teilchen. In unmittelbarer Nähe ziehen sie sich elektromagnetisch an, erreichen durch die verwendete Bindungsenergie ein niedrigeres Energieniveau und bleiben aneinander haften.

Sobald ein Photon in all seinen 12 Jüngern ein Photon versammelt hat, bilden diese 13 Photonen eine neue Einheit, ein Elektron.

Diese Elektronen Ordnen sich auf genau dieselbe Weise an und bilden in der Folge ein Varporon. Diese wiederum bilden Myonen, daraus entstehen Quarks. Diese Quarks kann man auch als Vor-Atome bezeichnen. Drei von ihnen bilden ein Neutron. Das Neutron ändert innerhalb kurzer Zeit seinen Zustand. Es wirft dabei ein Elektron und ein Photon aus, um nahenden Teilchen eine bessere Andock-Möglichkeit zu bieten.

Das Neutron wird in diesem Zustand als Proton bezeichnet. Das Proton ist das einfachste Atom und zugleich das erste Element, nämlich Wasserstoff. Zwei Protonen bilden ein Deuterium, drei ein Tritium, vier Helium und so weiter. Die Atome können ziemlich groß werden. Auf der Erde sind zwar nur knapp 260 Atome bekannt aber es gibt da draußen auch Atome mit einigen Millionen Neutronen. Aber nicht in unserer kosmologischen Nähe.

Wir fliegen hier mit ein paar weiteren Planeten ganz gemütlich um die Sonne. Diese Sonne wiederum kreist gemeinsam mit mehreren Hundertmillionen Sternen um einen sehr heissen Punkt im Zentrum der

Galaxie, der von den meisten Forschern als schwarzes Loch bezeichnet wird. Ich weiß nicht, ob es mehr Photonen innerhalb der Galaxien als Galaxien im Kosmos gibt. Aber von beidem gibt es eine Menge! Jede dieser Galaxien kann man als eine Art Gehirnzelle betrachten. Und die sogenannten schwarzen Löcher sind die Neuronentransmitter. Die gesamte Materie des Kosmos bildet eine Art Supergehirn, das sein eigenes Zellwachstum reguliert. Viel mehr noch! Das seine eigene Beschaffenheit zyklisch anpasst. Der Zyklus startet immer mit einem urknallähnlichen Ereignis beim Übertritt von der zweiten in die erste Dimension. Ach ja, das mit den Dimensionen, ja das ist schnell erklärt:

Stell dir einen Stapel vieler Kuglen neben mehrerer Kisten vor! Während Kisten schön Kante an Kante gestapelt werden und es kaum Hohlraum, nur Spalten dazwischen, gibt, verbleibt zwischen den Kugeln ein auffälliger Zwischenraum. Und diesen Zwischenraum gibt es auch im Universum, zwischen den RQs. Er macht rund 24 % des gesamten Raumvolumens aus und stellt die zweite Dimension innerhalb des Kosmos dar.

Zu Beginn des Welltall-Zyklus strömt die Materie vom Zentrum des Universums bis zum Rand. Dort dringt es in die Zwischenräume des RQ-Gitters und wandert von da aus zum Zentrum der zweitern Dimension. Dort verdichtet es sich immer mehr, wird immer heisser, entwickelt immer mehr Druck und Dichte. Sobald dieser Zustand sein Maximum erreicht hat, wird die Oberfläche der Raumquanten schlagartig durchlässig und die Materie strömt explosionsartig in die erste, also unsere Dimension. Das bereits erwähnte urknallähnliche Ereignis bezeichnet dabei den Übertritt der Materie in unsere Dimension.

Wenn sich die Materie vom Zenrum her ausbreitet, nimmt der Radius des erschlossenen Raumes ebenso zu wie sein Umfang und die Menge der Raumquanten. Dabei sinken die Photonendichte und die Materiedichte mit zunehmender Ausbreitung. Da die Materie zur Verklumpung, also zur Bindung neigt, weil sie das Energielevel niedrig halten will, bündelt sie sich in Materieansammlungen. Planeten, Galaxien, Galaxie-Haufen und so weiter. Zwischen diesen Ansammlungen entstehen zwangsläufig gigantische Löcher, also vakuumgleiche, materielose Raumregionen, sogenante Vortex. Die "etablierten" Wissenschafftler interpretieren dies als permanent neu entstehenden Raum innerhalb des Raumes und bezeichnen es als dunkle Energie. Haha. Wie "magisch". Nene. Das ist einfach nur mehr Raum, in dem sich alles verteilen kann. An der Rot-Blau-Verschiebung haben sie schon längst erkannt, dass sich die Galaxien voneinander und von uns entfernen. Jetzt müssten sie nur noch richtig schlussfolgern. Bei jedem Zyklus lernt Gott eine Menge von dem, was er erlebt hat. Beim ersten Mal ist angeblich gar nichts passiert. Die Photonen sind gradlinig, gleichförmich mit 500 000 km/s bis zum Rand geflogen und haben auf dem Weg mit nichts reagiert, da ja alles gleich schnell war und sich nichts überholen oder annähern konnte. Somit konnten keine Materiegebilde entstehen. Aus diesem Grund fliegen die Photonen seit dem zweitern Zyklus nicht mehr strickt gradeaus, sondern in Wellenlinien. Durch Anpassung der Wellenlängen erreichen sie variierende Geschwindigkeiten, die im Mittelwert 299.792,458 km/s betragen. Aber je nach Frequenz ergeben sich andere Werte. Und was Einstein sagt, ist mir egal."

Fassungslos starrt Mario zu dem aalglatten Typen, der vor einer Sekunde auf Bones geschossen hat. Der schmierige Typ strahlt über das ganze Gesicht, als würde er gerade seine eigene Überraschungsparty realisieren. Er sieht immer noch zu Mario und steckt gerade die Pistole in den Halfter. Dann dreht er sich um, schlendert ein paar Schritte und bleibt wieder stehen. Die Kellner stehen schon längst in zwei sechser Reihen vor dem Fahrstuhl und richten ihre gezückten Knarren mit gestrecktem Arm gen Boden. Der eben als Schütze in Erscheinung getretene dreizehnte Mann, der zweifellos Befehlsgewalt über die anderen hat und etwa zwei Meter hinter der beengenden Formation steht, durchdringt Mario mit seinem gradlinigen und schmalzig grinsenden Blick.

Als Mario nur noch zwei Meter vor ihm steht, wedelt der Lackaffe mit zwei Fingern kurz durch die Luft. Es wirkt fast wie eine Choreographie, absolut zeitgleich ziehen alle zwölf Kellner den rechten Ellenbogen etwa zwanzig Zentimeter nach hinten, sodass die Arme im rechten Winkel gebeugt sind und die Waffen in Oberschenkelhöhe auf Mario und seine Mitstreiter zielen, ohne dass die Waffen sich ihnen dabei auch nur einen Millimeter genähert hätten. Die drei Agenten bleiben augenblicklich stehen. Mario hat noch nie so viel Wut gefühlt wie in diesem Moment. Zusätzlich scheint es, als wolle der schmierige Typ ihn mit seiner gekünstelten Freundlichkeit geradezu anekeln: „Mario mein Freund, ich denke es empfiehlt sich, dass

wir beiden unsere Prioritäten besser aufeinander abstimmen. Na komm!"
Da waren sie wieder, die zwei Fuchtelfinger, kurz bevor er sich rum und
Mario damit den Rücken zu drehte. Sein Ton klingt plötzlich rauer:
„Nummer eins bis drei, sie begleiten uns! Der Rest weiß Bescheid!"

Rückblick 9 (Hank 8)

Nachdem Hank von seinem Vater grobe Einblicke in die Alienkunde
erhalten hatte, wurden ihm Geheimnisse offenbart, die er an diesem
Abend gar nicht mehr verarbeiten konnte. So erfuhr er bereits Ende 2001
Details zu den Anschlägen vom September, die die Weltöffentlichkeit erst
nach 2020 und nur ganz am Rande erfuhr. Sein Bruder würde es sogar erst
in 28 Jahren realisieren.
Dann erklärte Manfred, dass sich in Wirklichkeit hinter der gespielten
Scheindemokratie der westlichen Welt die eiserne Fratze einer global-
faschistischen Polizeidiktatur verbirgt.
Selbst als Manfred erklärte, dass das Finanzsystem systembedingt gar nicht
funktionieren könne und zwangsläufig in den nächsten Jahren entweder
kollabieren oder ausufern und alles verschlingen würde, konnte Hank ihm
zumindest irgendwie noch folgen.
Doch ihm qualmte bereits der Schädel. Und nun berichtete Manfred auch
noch von der Entwicklungsgeschichte des Menschen!
Hank müsse sich das keinesfalls alles merken, er müsse es lediglich mal

gehört haben, um eine gewisse Perspektive zu erlangen.

Bis vor etwa 7,5 Millionen Jahren hätte sich das Leben hier auf der Erde weitestgehend alleine entwickelt, wenn man die Rolle der Firsts außer Acht ließe. Ab da hätten die Dorn nachgeholfen.

Ausgang war der Chororapithecus Abyssinicus, der Vorgänger der heutigen Gorillas. Die Dorn zähmten sie innerhalb kurzer Zeit. Schon bald fühlten sich selbst die trächtigen Weibchen nicht von den Dorn gestört. Nicht einmal, wenn diese ihren merkwürdigen Würfel auf Baren herbei trugen. Je vier Dorn hielten den vergoldeten Akazienholz-Quader, den man mit einer Seitenlänge von 80 Zentimetern bereits in weiter Ferne funkeln und glänzen sah. Dieser magische Würfel, der Inhalt vieler Mythen und Legenden ist, wurde zwischen einem tragenden Chororapithecus-Weibchen und einer schwangeren Dorn in Position gebracht und aktiviert. Zuerst sendete er elektromagnetische Wellen in einer ganz speziellen Frequenz, die eine starke hypnotische Wirkung auf die Prä-Affen hatte. Dann duplizierte er auf wundersame Weise die befruchtete Eizelle der Dorn-Frau und verschmolz die so erschaffene Replikation mit der Zygote des Chororapithecus. Um es genauer zu sagen: Dieser Würfel hat das werdende Leben aus Photonen der Umgebung rekonstruiert und dann mit dem Chororapithecus gekreuzt.

Die Entwicklung des Dorn-Embryos blieb von der Duplizierung völlig unberührt, als hätte sie nie stattgefunden. Im Körper des Chororapithecus wuchs hingegen ein Geschöpf heran, das das Erbgut der Dorn mit dem der Chororapithecidae zu gleichen Teilen vereinte. Nach etwa 14 Monaten

Tragezeit erblickte vor etwa 7,5 Millionen Jahren der erste Sahelanthropus Tchadensis das Licht der Welt. Er hatte kürzere Arme und längere Beine als seine Eltern, anders als sie konnte er aufrecht gehen, wenn auch nicht sonderlich geschickt. Die Dorn ließen dieser neuen Spezies 3 Millionen Jahre Zeit, um sich zu entfalten, anzupassen und zu entwickeln. Dann kamen sie wieder mit dieser magischen Kiste, der Evalmutra. Abermals wurden die Zygoten der Dorn repliziert. Dieses Mal wurde das Erbgut dieser Kopien mit dem des Sahelanthropus rekombiniert. Der dabei vor etwa 4,5 Millionen Jahren erschaffene Australopithecus hatte noch kürzere Arme, noch längere Beine und beherrschte dank eines größeren Zehs einen deutlich sicheren Gang als seine Ahnen.

Etwa eine Million Jahre später trugen die Dorn erneut die **ev**olutions-**al**ternierende, **mu**tagene **Tr**ansistlade in die Wälder Afrikas und erschufen den Kenyanthropus Platyops, aus dem sich wiederum vor etwa 3 Millionen Jahren der Homo Rudolfensis entwickelte. Dieser neue Typus war das erste irdische Lebewesen, das Steinwerkzeuge benutzte.

Nur 600 000 Jahre später kam die Evalmutra erneut zum Einsatz, der Homo Habilis betrat die Bühne. Er konnte sich bereits in einer primitiven Sprache verständigen, sein durchschnittliches Hirnvolumen betrug etwa 650 cm³. Weitere 400 000 Jahre später wurde der Homo Ergaster erschaffen. Er hatte bereits das eineinhalbfache Hirnvolumen eines Habilis, etwa 975 cm³, stellte Werkzeuge selber her und machte sich sogar das Feuer zu Nutze. Arm- und Beinlänge unterschieden sich kaum noch vom modernen Menschen, sein ausgeprägtes Fußgewölbe ermöglichte ihm zudem ein energiesparendes Gehen und befähigte ihn, zu rennen und zu jagen. Seine Population entwickelte sich rasch, ungestört und im Einklang mit der Natur. Die Dorn legten größten Wert auf eine freie und vor allem von fremden Einflüssen unberührten Entfaltung der Hominiden. Diese hatten sich beinahe auf dem gesamten afrikanischen Kontinent ausgebreitet, als die Xanterook den nahegelegenen Planeten Hebra besiedelten.

Schon kurze Zeit später wurden die ersten Xans auf der Erde gesichtet. Sie hätten nur zu gerne versucht, die Dorn zu vertreiben und die Erde zu usurpieren. Doch die Dorn anzugreifen wäre genauso klar ein Verstoß gegen die "Absoluten Gesetze der Völker" wie die Beeinflussung der Entwicklung einer Klasse 7 Spezies, zumal der Homo Ergaster keine Tochtergattung der Xanterook war.

Die Xans begingen ein anderes, grausames Verbrechen. Sie gingen schnell vor, alles geschah innerhalb einer Nacht. Sie entführten hunderte Ergaster-Weibchen und erschufen in ihren Raumschiffen eine neue Hybridlinie, um diese später als ihre Tochtergattung zu bezeichnen. Sie setzten alle Ergaster noch in derselben Nacht wieder auf der Erde ab. Viele davon starben zwölf Monate später bei der Geburt. Ihr Nachwuchs hatte ein deutlich robusteres Skelet, dickere Schädelknochen, eine stärkere Überaugenwulst und eine breitere Schädelbasis. Nicht einmal ganz 100 000 Jahre nachdem der erste Ergaster das Licht der Welt erblickte, stand er einem deutlich stärkeren H. Erectus gegenüber!

Glücklicherweise belegten beide Gattungen unterschiedliche ökologische Nischen, jagten beispielsweise völlig andere Tiere, sodass sie in keiner Konkurrenz zueinanderstanden und friedlich nebeneinander existierten.

Es gab sogar Mischhybriden beider Spezies, sogenannte Homo Erectus Ergaster Georgicus, kurz HEEG, von denen man beispielsweise Fossile in Dmanissi gefunden hat. Sie entstanden erstaunlicherweise sowohl bei der Kreuzung von Erectus und Ergaster, als auch bei Erectus und Habilis. Sie waren klüger als Ergaster, stärker als Erectus und an sich kerngesund, allerdings unfruchtbar. Es konnten also nur dann HEEG existieren, wenn es auch Erectus und Ergaster oder Habilis gab.

Der Erectus verließ schon nach wenigen tausend Jahren den Kontinent und besiedelte Asien und Teile Europas. Der Ergaster blieb vorerst in Afrika und wandte alle Energien auf, um seine geistigen Fähigkeiten zu entwickeln. Die HEEG wurden immer seltener.

400 000 Jahre später, also vor 1,4 Millionen Jahren, kam die Bundeslade erneut zum Einsatz. Eine Hybridisierung des Erectus kam nicht in Frage!

Die Dorn erschufen aus dem Ergaster den Homo Heidelbergensis. Er hatte ein riesiges Gehirn mit 1100 cm³ – 1500 cm³ und sowohl Großrinde als auch Frontallappen waren sehr ausgeprägt. Genau wie HEEG war auch Homo Antecessor, der aus einer Paarung von Erectus und Heidelbergensis hervorging, unfruchtbar. Eigentlich. Normalerweise war er unfruchtbar. Und eigentlich war auch HEEG zeugungsunfähig. Wenn sich allerdings diese beiden Spezies miteinander kreuzten, konnten sie zeugen. Und sie zeugten eine ganz besondere Kombination aus Homo-Xan-und-Dorn-Genen, die sogenannten Titanen. Diese Wesen waren herausragend! Nicht weil sie so schnell waren, nicht wegen ihrer Stärke oder ihrer Intelligenz, sondern weil sie über telepathische Fähigkeiten der Xan verfügten und die exakte Position eines jeden einzelnen Xanterook im Umkreis von einigen Galaxien kannten. Die Xan waren schockiert und fühlten sich von den Fähigkeiten der Titanen bedroht. Doch sie konnten sie nicht direkt angreifen, wenn sie keinen Krieg mit der Intergalaktischen Allianz beginnen wollten. Beinahe wäre es zu einem Krieg gekommen. Es war haarscharf! Es war ein Wunder, dass nach dem Bekanntwerden der Xanschen Hetze kein Krieg ausgebrochen ist. Die Xanterook haben gegen eine ganze Reihe absoluter Gesetze verstoßen. Doch dass sie auf die Erde zurückkehrten und die gesamte Spezies Homo Erectus darauf abrichteten, jeden Homo Habilis und jeden Homo Ergaster zu töten, nur um die Zeugung weiterer Titanen zu verhindern, das machte die Xanterook endgültig zu einer verhassten Rasse und einen sich durch das halbe Universum erstreckenden Krieg nahezu unausweichlich. Im gesamten Universum haben verschiedenste empörte Gattungen die nahegelegenen Außenposten der Xan zerstört, Patrouillen wurden abgeschossen, der große Krieg schien kaum noch abwendbar. Aber der ultimative Knall blieb aus, vorerst! Die Xan taten auf jeden Fall gut daran, die Erde fast eine Million Jahre lang nicht zu betreten.

Erst vor etwa 300 000 Jahren kamen sie zurück auf die Erde. Zu diesem Zeitpunkt lebten bereits seit etwa 300 000 Jahren neben Heidelbergensis auch dessen Ahnenfolger, der Homo Rhodesiens.

Die Xan haben auch Weibchen dieser Spezies entführt und nach einer künstlichen Befruchtung wieder auf der Erde abgesetzt. Elf Monate später wurde der erste Homo Neanderthalensis, der Neandertaler geboren.

Nur 80 000 Jahre später, also vor etwa 220 000 Jahren, brachten die Dorn die Evalmutra zum letzten Mal zu diesem Zweck auf der Erde zum Einsatz und erschufen den Homo Sapiens, den modernen Menschen. In einigen Fällen kam es wieder zu artübergreifenden Fortpflanzungen zwischen Rhodesiens und Neanderthalensis; der dadurch entstandene Floresiensis war sehr intelligent aber klein, schwach und langsam. Diese Zwerge konnten sich innerhalb ihrer Spezies nicht fortpflanzen. Allerdings, aus der Kreuzung zwischen ihm und Sapiens ging eine Spezies hervor, die selbst den Quiandar Konkurrenz machte - der sogenannte Cro-Magnion. Er stellte die Titanen bei Weitem in den Schatten. Manfred wäre nicht ohne weiteres in der Lage gewesen, seinem Sohn das außerordentliche Potential dieser Wesen aufzuzeigen, hätte dies nicht eine gewisse Filmreihe vorweggenommen. Nachdem Hank die Frage, ob er etwas mit dem Wort „Jedi" anfangen könne, erwartungsvoll durch stummes Nicken bejahte, nickte Manfred nur bedeutungsvoll, die Wirkungspause tat ihr Übriges.

Schließlich kamen die Xan, so fuhr Manfred fort, erneut auf die Erde. Da sie genau wussten, dass die intergalaktische Allianz nun handeln würde, kamen sie mit einer gewaltigen Armee. Die gigantische Flotte hätte von der anderen Seite kommend sogar eine Sonnenfinsternis vorgaukeln können. Überfallartig stürzte sie auf die Erde herab, fiel wie Insektenschwärme über das Land und begann den schon lange in der Luft liegenden intergalaktischen Krieg, der bis heute nicht an Intensität verloren hat. Doch noch bevor sie die Erde angriffen, schossen sie den als Fratta bezeichneten zweiten Mond auf den Planeten herab. Nachdem er auf der Erde niederging und die manchmal auch als Kontinent bezeichnete Insel

Atlantis, auch Hyperborea genannt, mit einer gewaltigen Explosion tief in der Erde vergrub, entstand das Wort frattal, heut als fatal bekannt.

Gewaltige, zig Meter dicke Wolken aus Asche und Staub bedeckten die gesamte Erde und leuteten eine Eiszeit ein. Noch bevor die ersten Allianzer die Erde erreichten, hatten die Xan sämtliche Neandertaler und nahezu alle Floresiensis ausgerottet. Nur wenige Dorn schafften es im allerletzten Moment, sich, einige der Cro-Magnion und wenige Menschen von der Erde zu evakuieren und in Sicherheit zu bringen. Die zurückgebliebenen Dorn starben alle am selben Tag, die letzten Cro-Magnion nur wenige Wochen später.

Gerade als Manfred ein Fazit ziehen wollte, brummte plötzlich etwas in seiner Tasche. Ausgerechnet an dieser Stelle, ausgerechnet wo er Hank erklären wollte, wie all diese unglaublichen Schilderungen lediglich für eine gewisse Perspektive erforderliche Randnotizen sein können und vor allem worauf diese verdammte Perspektive gerichtet wird. Manfred entschuldigte sich bei Hank und zog ein kleines Kästchen hervor. Er sah noch einmal kurz zu seinem Sohn, dann hob er das kleine silberne Ding empor und hielt es sich an die rechte Schläfe.

Der Lackaffe bleibt fast am Ende des Ganges vor einer Tür stehen, greift in seine rechte Hosentasche und zieht einen Schlüssel hervor. Bevor er durch die Tür geht, wirft er einen ernsten Blick über die Schulter zu Mario. Von gespielter Freundlichkeit ist plötzlich keine Spur mehr zu sehen. Mario überlegt kurz, die Wachen zu überwältigen und das Büro zu stürmen, er sieht es sogar schon vor seinem inneren Auge ablaufen. Er bleibt aber dabei, alle freiwillig gegebenen Informationen zu sammeln und dann erst entsprechend zu handeln.

Schon nach kurzer Zeit kommt der Kellner wieder heraus und schickt Mario hinein, zu dessen Verwunderung allein. Er ahnt, seine sofort im Foyer erhaltene Waffe gleich zu brauchen; muss jedoch bald feststellen, dass der komplette Raum durch eine Panzerglasscheibe geteilt ist. Während die gegenüberliegende Seite des Raumes fast schon prunkvoll eingerichtet ist, hat er auf seiner Seite nur ein paar alte, schäbige Stühle stehen und nicht mal Tapeten an der Wand.

Der Widerling sitzt nach hinten gelehnt in einem pompösen Sessel und zieht an einer riesigen Zigarre. In der linken Hand schwenkt er ein Coniacglas. Sein auf den Strudel in der Glasmitte konzentrierter Blick erinnert teils an einen Kaffeesatzleser, teils an einen Blick ins Lagerfeuer. Obwohl sich der Gesichtsausdruck auf dem Weg zu Marios Gestalt streng verfinstert, ist die Tonlage anhaltend schleimig. „Schön, dass ich Sie endlich mal persönlich kennen lerne, wenn auch unter eher suboptimalen

Umständen", eröffnet das Ziel Marios hasserfüllten Blicke in einem ekelhaft freundlichen Ton das Gespräch. „Es ist wirklich sehr bedauerlich", fährt er fort, „was da gerade passiert ist. Bones war einer meiner besten Leute. Schade, dass Sie mich dazu zwingen mussten. Ich dachte, meine Tochter hätte Ihnen unmissverständlich erklärt, dass Sie niemandem davon erzählen dürfen, was Sie wissen?"

Marios anfängliche Ungläubigkeit schwingt augenblicklich wieder in Wut und Hass um. „Was? Sie kennen Bones? Er gehörte zu Ihnen? Was heißt das? Und warum bringen Sie ihn trotzdem fast um? Was sollte das? Ihre Tochter ist doch dann sicherlich Monique, oder? Demnach sind sie sozusagen Mr. Key habe ich recht? Oder was? Hä? Was sollte die ganze Scheiße?" Mario ist außer sich. Nun versteht er gar nichts mehr.

„Ich frage mich, was Sie sich so aufregen." Dieser halb schleimige, halb zornig bestimmte Klang, der Ogres Worten nachhallt. Eklig. Zu einem Drittel macht er angriffslustig, zu zwei Dritteln ist er verschreckend.

„Immerhin haben Sie fast Ihren Chef auf dem Gewissen, der so viel für Sie getan hat. War er nicht fast wie ein Vater für Sie? Und dann bringen Sie ihn trotzdem in solche Gefahr und zwingen mich zu solch einer Tat? Das ist wirklich ein großer Verlust für mich. Hat Ihnen meine Tochter nicht ausdrücklich gesagt, dass sie alles, was Sie erfahren, vorübergehend für sich behalten müssen und Ihr Wissen mit Niemandem teilen dürfen? Oder hat Ihre Konzentrationsfähigkeit durch den Stress der letzten Stunden so stark nachgelassen? Haben Sie es vielleicht vergessen oder war es Ihnen einfach egal?" - „Aber ich konnte doch nicht wissen, dass Sie mit Ihren Leuten auch hier sind. Das hätte Monique mir doch sagen können, dann hätte ich mich auch ganz anders verhalten. Ich wollte mit seiner Hilfe schon die ersten Kleriker hier drin erwischen. Wir brauchten die Hilfe von Bones und er hätte niemals etwas..." – „Herr Loreydo!" unterbricht ihn der im Sessel fläzende in einem energischen Ton mit sehr viel Nachdruck, während er sich langsam in Marios Richtung nach vorne beugt und sein Glas abstellt. „Sie meinen also, dass Sie mehr als ich oder meine Tochter wissen, wen oder was wir brauchen, um unser Ziel zu erreichen? Sie wissen, was das Beste ist? Soll ich ab jetzt alles, was ich geplant habe, mit Ihnen vorher absprechen? Wissen Sie, Sie sind in dem was sie tun wirklich außerordentlich gut, haben keinerlei persönliche Verpflichtungen und sind äußerst loyal. Trotzdem frage ich mich, ob Sie wirklich weiter an dieser Sache beteiligt sein sollten oder ob ich Sie nicht doch lieber ablösen lassen sollte."

Mario unterbricht ihn mit einem fragenden „Aber!" - als er mit den Worten "Ich bin doch schon so" fortfährt, spricht Mr. Key jedes einzelne dieser Worte synchron und mit exakt gleicher Betonung mit. „Mr. Loreydo, Sie brauchen mir nicht zu sagen, dass Sie schon so weit sind und alles tun werden, um uns zu helfen. Das weiß ich. Vergessen Sie nicht, dass ich jeden einzelnen Gedankengang von Ihnen kenne. Dass Sie sich eben vorgenommen haben, mich bei entsprechender Gelegenheit umzubringen, das ist angesichts der Situation für einen Menschen normal. Es geht mehr um das, was ich noch nicht weiß, weil Sie es selber noch nicht wissen. Entgegen Ihrer Natur beginnen Sie, sehr viel in Frage zu stellen. Weder Sie noch ich können wissen, wie Sie sich diese Fragen in ein paar Tagen beantworten. Sie nehmen sich langsam zu wichtig! Und das ist nicht gut!

Sie müssen sich dessen bewusst sein, dass nichts wichtiger ist, als die Rettung der Lebewesen auf diesem Planeten; und dass wir die einzige Option sind. Dabei brauchen wir aber Ihre Hilfe. Und diese erfordert unter anderem, dass Sie uns vertrauen und stets genau das tun und sagen, was wir Ihnen vorgeben! Wenn Ihnen etwas komisch oder unerwartet vorkommt, dann müssen sie es einfach ignorieren! Wenn Sie sich irgendetwas fragen, dann blenden Sie es aus! Verweigern Sie sich allen Emotionen. Sie müssen wie mit Scheuklappen von einem Ziel zum nächsten, ohne auf dem Weg nach links oder rechts abzuweichen, nur weil Sie das Gefühl haben, dass es bedeutsam sei. Sie müssen sich im Klaren sein, dass Sie hier nur ein Werkzeug sind, Sie sind unser Instrument. Bedenken Sie, dass nur ich es vermag dafür Sorge zu tragen, dass hier auch in Zukunft jeder in Ruhe schlafen kann. Gehen Sie in sich und überlegen Sie, ob Sie wirklich können und werden, was ich verlange." Er macht eine kurze Pause und betrachtet Mario intensiv.

Mario könnte kotzen vor Wut. Wie gerne würde er diesem Wichser auf ganz unkonventionelle Weise ins Gesicht fassen. Und das ist sonst nicht seine Art. Aber noch schlimmer ist der Umstand, dass Mario die Situation nun gar nicht mehr einschätzen kann. Vielleicht musste der Arsch sich genau so verhalten. Wer weiß, auf was der alles achten muss, ob der diese Schein-kellner schon vor dem heutigen Tage kannte, ob dieser Ogre vielleicht selber beobachtet wird. Wer Weiß? Was weiß er überhaupt? Dass es weiter gehen muss! Mario öffnet entschlossen den Mund, kommt aber nicht dazu, etwas zu sagen. Ogre kommt ihm lachend zuvor.

„Wunderbar. Herrlich. Genau das wollte ich hören, Sehr schön. Ich hatte eigentlich vor, Ihnen heute einiges zu erklären und anderes zu zeigen. Aber nach den unglücklichen Vorkommnissen sollten Sie sich erst wieder ordnen. Sie werden in Kürze von mir hören. Ich denke den Text, den mit der Verschwiegenheit, den müssen wir jetzt nicht noch einmal durchgehen. Sie könne jetzt gehen. Fahren Sie nach Hause. Ruhen Sie sich aus.

Mario sieht sich am Ausgang des Volkspalastes noch einmal um. Aber sein Verdacht, dass er verfolgt wird, scheint sich nicht zu bestätigen. Als er den Griff der Ausgangstür anvisiert, überkommt ihn ein beklemmendes Gefühl. Beim Öffnen der Tür weicht es aber sofort der frischen Luft und verfliegt. Der leichte Wind kribbelt auf Marios Haut und verdrängt langsam die Reizüberflutungen. Mario bleibt draußen vor der Tür stehen und wundert sich, dass hier keine einzige Wache zu sehen ist, löscht dann den Gedanken und starrt in den Himmel. Hatte er vor einigen Minuten noch den immensen Drang sich in Sicherheit zu bringen, so steht er nun total unbefangen vor den großen Stahltüren und greift instinktiv nach einer Zigarette. Dieser Kontrast. War es eben noch so laut, ist das Einzige, was er nun hören kann ein leises Fiepen in den Ohren, das er kaum bemerkt. Eben war er wütend, nun emotionslos. Eben waren noch tausende Leute anwesend, hier ist weit und breit niemand zu sehen. War es eben noch heiß und stickig, so ist es nun angenehm kühl und klar. Ein unpassend wohltuendes, beruhigendes Gefühl steigt in ihm auf. Er wirft, entgegen seiner Gewohnheit, die Zigarette schon nach wenigen Zügen weg und geht unbefangen zu seinem Auto. „Einfach nur nach Hause" geht es ihm durch den Kopf, als er die Autotür öffnet. Er rutscht in den bequemen Fahrersitz und denkt nur noch an sein Bett. Wahrend er mit der linken Hand die Tür ran zieht, drückt Mario seinen Daumen an das Zündschloss. Sofort wird sein Fingerabdruck erkannt und der Wagen springt an. Mario legt eine alte Deutschrap CD von „Truebadix" ein und will grade das Auto in Bewegung setzten, als er wegen eines Knisterns auf dem Rücksitz gewaltig zusammenzuckt. Der magenzermürbender Schreck wird durch die nur wenige Sekundenbruchteile andauernde Schockstarre nahezu auf die Unendlichkeit ausgedehnt und hindert Mario daran, sich schlagartig umzudrehen. Grade als Mario sich nach hinten drehen will, wird sein Kopf von etwas gestreift. Mario glaubt, ihm wird nun irgendetwas, vielleicht ein alter Sack oder so, über den Kopf gezogen. Tatsächlich merkt er einen Moment und eine 45 Grad-Drehung später, dass ihm jemand eine Mütze aufsetzt. Also will derjenige ihn wenigstens scheinbar nicht ersticken. Eine Millisekunde später hört er, noch bevor er ihn visuell richtig wahrgenommen hat, die Stimme seines Bruders, der eigentlich noch in der Anstalt sein müsste.

„Bleib ruhig Mario", empfiehlt Hank, während er Mario eine schwarze Kopfbedeckung aufsetzt. „Hey ähm, what the fuck, krass ähm äh wie kommst, äh was machst ähm, äh, schön dich zu sehen. Wie kommst du denn hier, ähm, was ist denn, äh… wie geht's dir denn? Man hast du mich erschreckt." Mario fängt an zu lächeln. „Das Cap hättest du mir auch ruhig später geben können. Scheisse hast du mich erschreckt man! Aber sehr schön, dass du hier bist. Wunderbar. Ich wollte dich auch unbedingt sprechen aber ich durfte heute nicht zu dir. Komm doch nach vorne." Mario klappt mit der rechten Hand den Beifahrersitz hinter, damit Hank sich vor setzen kann. Dieser lehnt aber mit wedelnder Hand dankend ab.

„Nein Mario, ich bleibe lieber hier hinten, wo mich dank der getönten Scheiben keiner sehen kann. Nimm die Mütze auf keinen Fall ab und fahr bitte möglichst unauffällig los. Ich versuche, dir alles auf dem Weg zu erklären. Den Hut musst du auf lassen. Du musstest ihn aufhaben, bevor du mich siehst, deshalb konnte ich auch nicht umhin, dich zu erschrecken. Ich werde es dir nachher erklären. Kennst du noch die alte Holzhütte unten am Steg?" - „Natürlich, wieso? Soll ich etwa jetzt da hin fahren?" - „Ja, fahr uns doch bitte dort hin, ich erklär dir alles auf dem Weg". - „Ist gut, heute wundert mich nichts mehr." - „Bist du dir da sicher?", fragt ihn Hank zögerlich grinsend. Mario antwortet mit einem sehr ausdrucksstarken Gesichtsausdruck und setzt das Auto in Bewegung.

„Das ist jetzt alles ziemlich schwierig zu erklären und noch schwerer zu glauben. Wo soll ich nur anfangen?" – „ Also ich kann dich beruhigen, Hank. Ich habe heute so viele unvorstellbare Dinge gesehen und erlebt, dass mich nahezu nichts mehr wundern würde. Erzähl mir am besten zuerst, wie es dir geht und danach, wie du aus der Klinik gekommen bist. Ich war heute Morgen dort und wollte dich besuchen. Aber Schwester Mary hat mir von irgendeinem Zwischenfall erzählt, was war denn da los? Ist wieder alles in Ordnung? Bist du auf der Flucht? Suchen sie dich? Geht es dir gut? Ach ja und danach sag mir, was es mit dieser verdammten Mütze auf sich hat. Ich habe schon eine Ahnung aber ich höre gerne aufmerksam zu." – „Nun gut. Sicher? Na gut, dann gib Gas! Wir fahren jetzt zu Dad!"

Fortsetzung folgt....